꿈꾸는 학교 ☆
진로를 부탁해

꿈꾸는 학교 ☆ 진로를 부탁해

청소년 성장소설 십대들의 힐링캠프, 진학

[십대들의 힐링캠프®] 시리즈 NO.58

지은이 ┃ 김애란
발행인 ┃ 김경아

2023년 1월 16일 1판 1쇄 인쇄
2023년 1월 23일 1판 1쇄 발행

이 책을 만든 사람들
책임 기획 ┃ 김경아
북 디자인 ┃ KHJ북디자인
표지 일러스트 ┃ 캐롤마인드
교정 교열 ┃ 주경숙
경영 지원 ┃ 홍종남

이 책을 함께 만든 사람들
종이 ┃ 제이피씨 정동수 · 정충엽
제작 및 인쇄 ┃ 천일문화사 유재상

청소년 기획위원
정가인, 양태훈, 양재욱

펴낸곳 ┃ 행복한나무
출판등록 ┃ 2007년 3월 7일. 제 2007-5호
주소 ┃ 경기도 남양주시 도농로 34, 301동 301호(다산동, 플루리움)
전화 ┃ 02) 322-3856 팩스 ┃ 02) 322-3857
홈페이지 ┃ www.ihappytree.com ┃ bit.ly/happytree2007
도서 문의(출판사 e-mail) ┃ e21chope@daum.net
내용 문의(지은이 e-mail) ┃ aflowerpot@hanmail.net
※ 이 책을 읽다가 궁금한 점이 있을 때는 지은이 e-mail을 이용해 주세요.

ⓒ 김애란, 2023
ISBN 979-11-88758-59-3
"행복한나무" 도서번호 : 160

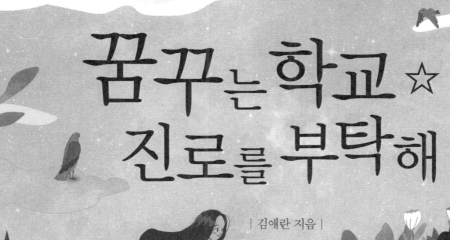

꿈꾸는 학교 ☆ 진로를 부탁해

| 김애란 지음 |

오토바이 충돌사고의 전말

무서운 속도로 구르던 바퀴가 급정거하는 소리.

무언가 세게 부딪치는 소리.

앞이 찌그러진 SUV 차량과 박살 난 오토바이가 도로에 널브러져 있었다. 오토바이 앞바퀴는 중앙선을 넘어 추락한 비행물체처럼 옆 차도와 인도 사이 가드레일 밑에 처박혔고, 뒷바퀴는 아직도 속도의 쾌감에 취해 허공을 달리고 있는 듯했다. 질주의 본능을 저지당한 짐승처럼 사납던 바퀴가 제풀에 속도를 늦췄다. 비틀어 짠 걸레인 양 찌그러진 바큇살이 물어뜯긴 짐승의 복부에서 흘러나온 내장 같았다.

속도를 위반하고 달리던 오토바이와 신호를 무시하고 달리던 자동차가 충돌했다. 자동차 앞부분이 찌그러지고, 오토바이가 박살 난 대형사고였다. 운전자는 감쪽같이 사라졌다. 경찰이 찾고 있지만 오리무중이었다.

이것이 내가 들은 간밤 SUV 차량과 오토바이 충돌사고의 전말이었다.

사고 삼 일째 되던 날, 귀신처럼 사라졌던 오토바이 운전자가 도로 인근 3층 건물 옥상에서 발견되었다. 우리 학교 교복을 입은 채였다.

차례

일러두기

이 책은 고등학생들의 일상을 담고 있습니다. 사실적인 느낌을 전하기 위해 또래 집단에서 사용하는 구어와 속어 일부를 교정·교열하지 않고 그대로 살렸음을 알립니다.

예) 짱친, 완전 예뻤엉, 개웃거, 기집애, 쩐다 등

참을 수 없는 가방의 무거움

고딩이 된 지 석 달이 지났다. 석 달이면 2,208시간, 분으로 환산하면 132,480분, 초로 환산하면 7,948,800초다. 7,948,800초 동안 할 수 있는 일은 많을 것이다. 영어 통문장을 외우면 수백 문장을 외울 수 있고, 기본 수학 문제집 한 권을 끝낼 수도 있는 시간이었다. 그 7,948,800초 동안 내 장래희망은 찾을 수 없었다.

아침밥을 먹으면서 나도 모르게 중얼거렸다.

"장래희망이라…… 뭐라고 쓰지?"

어렸을 때는 꿈이 많았는데, 고딩이 된 지금은 꿈이 없었다. 공부하래서 꿈에 대해 진지한 고민 한 번 해보지 않은 채 공부만 해왔다.

"의사."

엄마가 내게 원하는 건 오로지 의사밖에 없었다. 내 실력으로는 어림없는데도 엄마는 내가 의대에 갈 수 있다고 믿었다. 믿음이라는 건 크리스털 같아서 깨지기 쉽지만 엄마의 믿음은 견고했다. 어쩌면 엄마한테 나는 실제의 나와 가상의 내가 뒤섞인 크리스털인지도 모른다.

우리 반에서 의대에 갈 수 있는 애는 시아밖에 없다. 시아는 전교 1등이었는데, 엄마는 내가 조금만 더 열심히 하면 따라잡을 수 있다고 생각하는 모양이었다. 내가 우리 반에서 시아 다음으로 공부를 잘하는 건 맞지만 실력 차이는 어마어마하게 크다. 나는 내신만 좋을 뿐이고, 시아는 실력이 좋았다. 내신과 실력은 차원이 다른 문제였다. 성문기초영어와 성문종합영어의 차이랄까.

시아는 모르는 게 없었다. 어릴 때 읽은 책은 물론이고, 지금까지 배운 모든 것을 기억하는 것 같았다. 아마 살면서 경험한 모든 것을 기억할지도 모른다.

고딩이 된 첫날, 목에 건 카드에 적힌 내 이름을 보고 누군가 반가워하며 말을 걸었다. 전혀 모르는 얼굴이었다.

"너 민들레유치원 다녔던 우영원이지? 너희 엄마 마트에서 일하시고, 너희 아빠 택시 운전하셨지?"

나는 너무 놀라서 딸꾹질이 나왔다. 그 애 카드에 '류시아'라고 쓰여 있었다. 기억에 없는 이름이었다. 그래도 그렇지, 친한 친구 몇 명만 아는 내 가족사를 만인이 들으라는 듯 큰 소리로 떠들다니 눈치코치를 상추에 싸 먹어버린 애가 분명했다.

"나도 민들레유치원 다녔어. 나야 나, 류시아."

이름을 들어도 전혀 기억나지 않았다. 불과 몇 달 전 일도 기억나지 않는데, 몇 년 전 일을 어떻게 기억한단 말인가.

"너 그때 축구 좋아했잖아. 달리기도 잘하고."

시아는 나를 너무 잘 알고 있었다. 나는 시아도 그때의 나도 기억나지 않았다. 유치원 때 내가 축구를 좋아하고 달리기를 잘했는지 무슨 수로 다 기억하겠는가 말이다. 엄마 아빠한테서 들은 이야기로 그랬나보다 할 뿐이지.

"너 수호랑 친했지?"

내가 그랬나?

"왜 그 덧니 나고 얼굴 하얀 남자애."

불과 일곱 살이었는데 남의 일을 그렇게나 자세히 기억하고 있다니. 애, 천재 아냐? 죽었다 깨어나도 애를 이길 수는 없겠군. 고딩이 된 첫날부터 체념이라는 걸 배우게 되었다.

"반갑다, 영원아. 우리 잘 지내보자."

시아가 내민 손을 잡으면서 나는 갑자기 체한 기분이 들었다.

속이 울렁거렸다.

'애 때문에 좀 힘들겠군.'

내 예감은 적중했다. 내가 아무리 밤새워 공부해도 시아를 따라잡을 수 없었다.

엄마는 아직도 우리 반 1등과 2등 사이에 존재하는, 결코 좁힐 수 없는 실력 차이를 모른다.

"의대는 아무나 가나?"

엄마의 무모한 기대에 기가 막혔다. 의대에 가려면 전국 상위 1퍼센트 안에 들어야 하는데, 내가 다시 태어난대도 불가능한 일이었다.

"그럼 공무원이라고 써."

엄마는 의사 다음으로 공무원이 최고라고 생각했다. 어떻게 시아가 이렇게 좁을 수 있을까? 한심하다가도 한편으론 안된 마음이 들었다. 아빠는 택시 운전을 하는데, 하루에 번 돈 중 매일 회사에 내야 하는 사납금을 내고 나면 얼마 되지 않을 때가 많았다. 교통사고로 한동안 아빠가 운전을 쉬어야 했을 때, 우리 집 형편은 그야말로 말이 아니었다. 그때 이후로 엄마는 또박또박 월급이 나오는 공무원을 부러워했다. 어쨌든 엄마하고는 말이 안 통했다. 나는 입을 꾹 다문 채 밥을 국에 말았다. 맨밥이 잘 넘어가지 않았다.

"암튼 성적 떨어지지 않게 잘해. 공부 잘해야 엄마처럼 안 살지."

엄마는 말끝마다 공부 열심히 해서 전문직 종사자가 되라고 했다. 귀에 딱지가 앉을 지경이었다.

"1학년 때부터 잘해놔야 수시 넣지."

엄마 말이 아니라도 수시 준비를 착실하게 해놓고 싶었다. 담임은 우리 학교가 정시에 약하니 수시로 대학 갈 생각을 하라고 했다.

"어휴, 그놈의 공부, 공부. 완전 체하겠어."

진짜 체할 것 같아서 더 먹을 기분이 아니었다.

"다 너를 위해 하라는 거지, 나 위해 하라는 거 아니다."

엄마가 서둘러 식탁을 정리하며 말했다.

"잔소리, 잔소리. 피곤하지도 않아?"

퉁명스레 한마디하고 얼른 집을 나오는데, 엄마 말이 뒤통수에 꽂혔다.

"안 받아들이면 잔소리고, 받아들이면 조언이야!"

난 시도 때도 없이 자동으로 재생되는 엄마 말을 받아들일 생각이 눈곱만큼도 없었다. 집안일에 마트일까지 하느라 피곤할 텐데 잔소리까지 수시로 해대는 엄마가 안쓰러울 때도 있지만, 솔직히 짜증 날 때가 더 많았다.

경비실 앞에서 작은 크로스백을 멘 유리가 옷매무새를 다듬고 있었다. 유리를 보자 엄마 때문에 막힌 속이 쑥 내려가는 느낌이었다. 친구 없는 세상은 토핑 없는 피자나 다를 게 없지. 나는 냅다 유리한테 달려갔다.

"야, 네 가방 엄청 빵빵하다. 너보다 더 커."

유리가 내 가방을 툭툭 쳤다. 유리 말이 아니라도, 군인이나 메고 다닐 만큼 커다랗고 무거운 가방이 나를 타고 다니는 기분이 드는 날도 있었다.

고딩이 되자 중딩 때 공부 좀 한다는 소리를 듣던 애들은 눈에 불을 켜고 달려들었다. 자칫하다간 성적 떨어지는 건 일도 아니겠군. 정신을 바싹 차려야 했다. 중딩 때는 없던 야자에 과외까지 하려면 문제집이 한 아름이었다. 그뿐인가? 교과서, 필기 노트, 오답 노트 등 갖고 다녀야 할 게 많았다.

책가방도 없이 학교 가냐고 묻자 유리는 사물함에 다 있는데 책가방이 왜 필요하냐며 받아쳤다. 그러면서 그나마 하나 들고 있던 책을 내게 내밀었다.

"자, 이거 연애소설인데 완전 재밌어."

뚱딴지같은 말에 웃음이 절로 나왔다. 대한민국 고딩이 연애소설이라니 참 유리답다고 할까?

"노, 노, 노! 난 공부하기도 벅차."

연애소설에 맛 들이면 공부가 안될 것 같아서 손사래를 쳤다.

"하긴 공부 잘하는 너랑 나는 다르지. 내 짝이나 빌려줘야겠다."

유리가 책을 크로스백에 넣고 빠르게 걸었다. 내가 같이 가자며 서둘러 뛰어가자 유리가 달아나며 소리쳤다.

"무지막지한 네 가방이 내 작고 귀여운 크로스백을 무슨 수로 잡냐? 크크크."

웃으며 뛰어가던 유리가 갑자기 멈춰 서며 내게 손짓했다. 저건 또 무슨 유령 같은 몸짓이람.

"왜?"

"저기, 재호."

저만치서 재호가 절친 도현이와 함께 주거니 받거니 이야기를 나누며 앞서가고 있었다.

"쟤는 인기도 많은 애가 완전 철벽 쳐. 하긴 그게 쟤 매력이지. 쟤네랑 같이 가자."

철벽 한 번 치지 않는 유리가 철벽 치는 게 매력이라고 말하다니 뿜을 뻔했다.

"나 봐봐. 머리 풀까 묶을까?"

유리가 부산을 떨며 긴 생머리를 뒤로 움켜쥐었다.

"으, 다 못생겼어."

내가 정색하자 유리는 샐쭉해서는 성큼성큼 걸었다. 긴 머리가 찰랑거렸다.

"빨리 와."

유리는 앞서가다가 몇 걸음 되돌아와 내 손을 잡고는 뛰다시피 걸었다. 우리는 어느새 재호와 도현이를 따라잡았다.

"강유리, 그 크로스백에 뭐가 들었길래 매일 메고 다니냐?"

도현이한테는 유리의 크로스백이 먼저 눈에 들어오는 모양이었다.

"왜? 너무 예쁘냐?"

유리 말에 도현이가 머쓱한 표정을 지었다.

"넌 가방이 너보다 크네?"

재호가 한 손으로 내 가방 밑을 받치는 게 느껴졌다. 어깨를 짓누르던 가방이 한결 가벼워졌다. 재호는 교문을 거쳐 현관에 다다를 때까지도 내 가방을 받쳐주었다.

"나도 낼 큰 책가방 메고 올 거야."

재호가 먼저 교실로 들어가자 유리가 재호 뒷모습을 보며 중얼거렸다.

내 자리로 가다가 커다란 가방에 걸려 하마터면 넘어질 뻔했다.

"미안."

시아가 얼른 가방을 의자에 바짝 붙였다. 서두르는 통에 책상에서 필통이 떨어졌다. 노란 커터칼이 빠져나왔다.

"커터칼 이쁘네."

유리가 주워 시아에게 건넸다.

"끈 끊어질까 봐."

유리가 가방을 고리에 걸라고 말하자 시아가 이렇게 대답했다. 유리처럼 사물함에 책을 넣고 다니는 부류는 죽었다 깨어나도 모를 것이다. 고딩의 가방이 얼마나 무거운지.

첫 시간부터 과학 수행평가가 있을 예정이었다. 늦게 오던 애들까지 일찌감치 와서 공부하고 있었다. 고딩이 되자 다들 수행평가 하나에도 신경을 곤두세웠다.

시아는 누가 교실로 들어오든 말든 상관하지 않고 공부에 열중이었다. 뒤질세라 책과 노트를 얼른 폈다. 간밤에 요약한 걸 부지런히 외웠다. 한창 외우고 있는데, 요약 노트 위에 초콜릿 두 개가 놓였다. 올려다보니 재호가 씩 웃었다.

"먹으면서 해."

몇몇 여자애들 눈이 나한테 쏠리는 게 느껴졌다. 재호는 키가 크고 운동을 잘해서 그런지 여자애들한테 인기가 많았다.

"뭐야?"

재호가 가자마자 뒤에 앉아 있던 유리가 얼굴을 바짝 들이대는 바람에 유리 얼굴이 내 귀에 닿을 뻔했다.

"어머, 초콜릿이네. 나 주려고 두 개나 놓고 갔나? 내 거 내가 먹는다."

유리가 초콜릿 하나를 집어 갔다. 나는 나머지 초콜릿을 책상 속에 밀어 넣었다.

과학 수행평가가 시작되었다. 교실 밖 복도에서 과학샘이 한 명씩 불러 수행평가를 했다. 내 차례가 다가오자 가슴이 콩닥거렸다. 내가 받은 문제는 어렵지 않았다. 수행평가를 치르고 내 자리에 돌아오자마자 유리가 오더니 무슨 문제가 나왔냐고 물었다.

"나는 지각 구성 원소 중 가장 많은 두 가지가 나왔는데, 사람마다 문제는 다 다르겠지."

"너랑 같은 문제면 좋겠다. 답이 뭐야?"

유리는 내가 알려준 문제와 답을 외우고 또 외웠다. 그럴 시간에 다른 문제를 보는 게 좋을 것 같다고 말해도 소용없었다.

"무슨 문제가 그렇게 어렵냐? 네 문제는 쉬웠는데."

복도에 나갔다가 들어온 유리가 투덜거렸다.

"외웠으니까 쉬웠지."

어이 상실, 다른 건 외우지도 않았으면서.

"재호가 준 초콜릿 먹고 했는데도 다 틀렸어. 그래도 초콜릿은 맛있었다. 크크크."

수행을 망치고도 유리는 속없이 낄낄거렸다. 아무 때나 유쾌한

네 유전자가 부럽긴 부럽다.

우리 교실은 급식실 바로 옆이라서 아침 10시만 돼도 음식 냄새가 솔솔 풍겼다. 음식 냄새를 맡으면 아침을 잔뜩 먹고 와도 배가 고팠다.

수업이 끝나기 훨씬 전부터 아이들 한쪽 다리가 책상 밑을 벗어나 통로에 나와 있었다. 끝나자마자 튀어 나가기 위해서지만 나는 그럴 필요가 없었다. 교실 지킴이니까. 빈 교실에서 무슨 일이 일어날지 몰라 누구 한 명은 지켜야 했다. 나는 배고픈 걸 꾹 참으며 교실을 지켰다. 누구라도 빨리 돌아오기만을 눈 빠지게 기다렸다. 진하게 풍기는 음식 냄새를 맡으며 배고픔을 견디는 일은 한창 먹성 좋은 내게 너무 가혹한 일이었다.

배고픔에 지칠 때쯤 맨 먼저 달려오는 건 거의 매번 시아였다. 시아는 숨을 헐떡거리며 내게 말했다.

"우영원, 많이 배고프지? 얼른 가서 밥 먹어."

시아는 배고픈 나를 위해 일부러 헐레벌떡 뛰어온 것 같았다. 나는 그게 부담스러우면서도 기분 좋았다.

"오늘은 치즈돈가스야. 엄청 맛있어."

시아는 친절하게 급식 메뉴를 알려줬다. 내가 급식 메뉴를 줄줄 외우고 있다는 사실을 모르는 눈치였다.

"불고기 냄새 안 나는데? 오늘 급식, 불고기 아니야?"

"글쎄? 가보면 알아."

급식표를 미리 본 내가 물어보면, 익살스럽게 웃으며 일부러 궁금하게 만들기도 했다.

어떨 때는 다른 아이가 일찍 오기도 했다. 그런 날은 시아가 급식실에서 천천히 밥을 먹으며 나를 기다리고 있었다. 시아는 늦게 먹기 시작하는 나와 보조를 맞추었다.

"야, 너는 왜 아직도 먹고 있냐?"

내가 물을 때마다 시아는 이렇게 말했다.

"내 유치원 동기 혼자 먹을까 봐."

그러면 나는 이렇게 응수했다.

"난 혼자도 잘 먹어."

속으로는 늦게까지 혼자 먹지 않아도 되어 다행이라고 생각하면서 입이 미어지라 푹푹 퍼먹었다.

오늘은 재호가 준 초콜릿을 씹으며 배고픔을 달랬다. 빈속에 쌉싸래한 초콜릿이 들어가자 속이 쓰렸다. 밥, 밥, 밥. 빨리 밥 먹고 싶다. 밥 먹는 걸 좋아하는 내가 쫄쫄 굶으면서 교실 지킴이를 자처하는 건 순전히 생기부 때문이었다. 뭐라도 해놔야 생기부에 쓸 게 많지. 생기부가 족쇄같이 느껴질 때가 있지만, 그래도 나는 생기부를 위해 살고 있었다. 이게 나를 슬프게 만들기도 하고, 뿌듯하게 만들기도 했다.

갑작스러운 유리의 태도도 내겐 아이러니였다. 급식을 먹고 와서 가방을 뒤적이는데, 유리가 내 귀 가까이에 얼굴을 들이대며 말했다.

"희상이가 너 좋아하는 것 같더라."

들던 중 처음이었다. 희상이는 유리와 거리낌 없이 지내는 유리네 옆집 남자애였다. 듣는 둥 마는 둥 하는 내 태도에 유리는 적극적으로 희상이를 칭찬하고 나섰다.

"희상이 걔 괜찮아. 키 크지, 잘생겼지, 거기다 공부까지 잘해요."

틀린 말은 아니지만 내 취향은 아니었다. 어딘가 잔뜩 꾸민 냄새가 나는 게 별로였는데, 잘난 체하는 것도 꼴불견이었지만 무엇보다 운동을 잘하지 못했다.

"그렇게 괜찮으면 너 가져."

"걔가 좋아하는 애는 내가 아니라 너야, 우영원"

딱 유리 타입인데 왜 굳이 나와 사귀게 하려는 걸까? 사귄대도 말리고 나설 샘쟁이가. 유리는 내가 듣는 둥 마는 둥 가방에서 책을 꺼내 펼치는데도 못 본 척 희상이에 대해 조목조목 들려주었다. 나쁜 얘기는 쏙 빼고 좋은 얘기만 장황했다. 이 세상 누가 장점만 가졌으랴. 잠자코 듣던 내 입에서 툭 튀어나온 말은 이거였다.

"일장일단!"

"뭐?"

"난 관심 없다고요."

한 마디로 끝내고 대한민국 고딩답게 문제집을 폈다.

"흥, 공부만 하다 노처녀나 돼라."

유리가 팩 토라졌다.

"아, 암튼 재호는 내가 찍었어."

유리가 속내를 드러냈다. 재호가 내게 준 초콜릿이 신경 쓰였나 보다. 알쏭달쏭 저 유리함수. '어휴, 사랑, 우정 이런 것 참 어렵구나.' 복잡한 생각을 떨쳐버리려 공부에 몰두했다.

"우영원, 놀면서 해. 그러다 병나."

이레가 내 책상에 수학 문제집을 내려놓으며 말했다.

"기집애, 자기는."

나는 이레를 보며 샐쭉했다. 이레가 풀어달라는 건 이차함수 서술형 문제였다.

"어떤 이차함수의 그래프는 x축과 두 점 (−4, 0), (2, 0)에서 만나고, 이 이차함수의 최댓값은 18이다. 이 그래프의 y 절편을 구하시오."

"자, 봐. x축과 두 점 (2, 0), (−4, 0)에서 만나므로 축의 방정식은 x는 −1이고, 최댓값은 18이잖아. 그러므로 이 이차함수의 식은……."

나는 최대한 친절하고 분명하게 가르쳐 주었다. 다른 사람에게 가르쳐 주면 나도 그 문제를 다시 정리하게 되고 기억하게 되어서 좋았다. 저절로 복습이 되는 셈이니까. 그래서 가르쳐 달라고 하는 애들이 있을 때면 거절하지 않았다.

내가 모르는 것이 있을 때는 시아한테 물어봤다. 시아는 무슨 문제든 아주 쉽게 설명해 주었다. 어떨 때는 굳이 설명하지 않고 되물어서 답을 유도하기도 했다. 시아의 이런 소크라테스식 문답법은 처음에는 충격적이었다. 답을 제대로 말하지 못하는 게 자존심 상하기도 했다. 하지만 이런 방법이 내 공부에 더 효과적이라는 걸 나중에 알게 되었다. 내게 시아는 우리 반에 없으면 좋겠으면서도, 있어서 다행인 그런 존재였다.

오후 수업이 시작되자 아이들이 하나둘 책상 위에 엎드리더니 마침내 시아를 포함한 몇몇 빼고는 전멸했다. 학기 초에는 그러지 않았는데 점점 시간이 지나면서 다들 지치는 것 같았다. 수포자, 영포자, 과포자 등 특정 과목을 포기하는 애들이 점점 늘었다. 이 중 수포자가 단연 최악이었다. 들어오는 샘마다 어떻게든 애들을 일으켜 세우려고 노력했지만, 수학샘은 아예 포기해 버렸다.

엎드린 애들을 보면 덩달아 기운이 빠지다가도, 시아를 보면 정신이 번쩍 들었다. 하지만 나 역시 오후 늦게 수학이 들은 날이

면 수업시간을 다 채우지 못하고 엎드리곤 했다. '에라 모르겠다. 학원에서 하면 되겠지.'

학원에서 예습과 복습을 시키니까 학원을 믿고 수업시간에 자는지도 모른다. 시아는 눈 하나 깜짝하지 않았다. 완전 로봇이었다.

'저 로봇을 언제 이겨보지? 불가능하지만 어쩌면 언젠가 한 번이라도 가능한 날이 오지 않을까?'라는 생각을 하다가도 백만분의 일의 확률로도 불가능하다는 사실을 확인할 때마다 힘이 빠졌다.

나는 하루에도 몇 번씩 힘 빠지는 고딩의 하루를 꾸역꾸역 견뎌내고 있었다. 꾸역꾸역 수업받고, 꾸역꾸역 내 몸통보다 큰 가방을 등에 짊어졌다. 가끔 운 좋은 날이면 체육부 선배들이 훈련하는 모습을 볼 수 있었다. 꽉 막힌 가슴을 뻥 뚫어주는 우렁찬 구호를 들을 수도 있었다.

일렬로 뛰고 있는 체육부원들 옆에서 코치가 "강한!"이라고 선창하면, 체육부원들이 동시에 "체력!"이라고 외쳤다. 그 외침에 전율이 일었다. 사막 한가운데를 걷다가 발견한 오아시스에서 찬물을 한 모금 들이키는 느낌이 이런 것일 것만 같았다.

갑자기 궁금해졌다. 체육부원들은 꿈이 뭘까?

꿈 없는 사람의 장래희망 쓰기

담임이 장래희망 조사서를 나눠 주었다. 나는 '장래희망'이라는 글자를 뚫어지게 바라보며 생각에 잠겼다. '내 꿈은 뭐였지?' 유치원도 안 들어간 어린아이였을 때는 택시 운전사가 되고 싶었다. 택시 운전사인 아빠가 멋지다고 생각했다. 아빠가 입는 옷도 근사하게 보였다. 내가 택시 운전사가 되고 싶다고 말할 때마다 엄마는 나를 꾸짖었다.

"공부 열심히 해서 엄마 아빠처럼 살지 말라고 했잖아. 택시 운전사는 안 돼."

엄마는 내 엉덩이를 때리며 화를 내기도 했다. 나는 엄마가 왜

화를 내는지도 모르면서 잘못했다고 빌었다.

유치원 때는 유치원 선생님이 되고 싶었다. 예쁘고 상냥한 유치원 선생님이 좋았다.

"고작 유치원 선생님이야? 꿈은 크게 가져야 해."

엄마는 '유치원 선생님'이라고 말할 때는 얼굴을 찌푸렸다가, '꿈은 크게'라고 할 때는 밝은 얼굴로 힘있게 말했다. 나는 유치원 선생님도 택시 운전사처럼 내가 되어서는 안 되는 사람으로 생각하게 되었다.

초등학교에 들어가면서부터 4학년 때까지 태권도 학원에 다녔다. 그때 나는 태권도 사범이 되고 싶었다. 태권도 사범은 택시 운전사나 유치원 선생님보다 훨씬 멋진 사람인 것만 같았다. 무엇보다도 태권도가 좋았다. 내가 태권도 시범을 보이면 엄마 아빠도 기뻐하며 손뼉을 쳤다. 친척들도 잘한다고 칭찬해 주었다. 이런 주위 반응에 힘입어 태권도 사범이 되리라고 결심했다.

어느 날 내가 태권도 사범이 되겠다고 말했을 때, 엄마는 여자가 무슨 태권도 사범이냐며 못마땅해했다. 할머니 할아버지도 혀를 끌끌 찼다. 차라리 내가 키가 작아서 안 된다고 했으면, 키는 밥 많이 먹고 쑥쑥 자라면 된다고 우겼을 것이다. 실력이 모자라서 안 된다고 했으면, 실력은 열심히 훈련해서 키우면 된다고 우겼을 것이다. 그런데 '여자라서' 안 된다고 했다. 내가 남자가 될 수는 없었다. 태권도 사범의 꿈도 접어야 했다.

　나는 의기소침해졌다. 내 꿈을 내가 정하는 게 맞는 건지, 엄마가 정하는 게 맞는 건지 헷갈렸다. 초등학교 고학년이 되면서부터는 되고 싶은 게 없어졌다. 무엇이 되고 싶다고 꿈꾸지도 않게 되었다. 엄마가 또 못마땅해할 게 뻔한데 꿈을 가지면 뭐 하나 싶었다. 엄마 말대로 공부 열심히 하다 보면 어찌어찌 될 거라는 막연한 마음으로 중딩이 되고 고딩이 되었다.

　"2학년 때도, 3학년 때도 쓸 거니까 신중하게 잘 써야 해. 1, 2, 3학년 다 일관성이 있어야 대입에 유리하니까 심사숙고해서 쓰도록."

　담임은 일관성 있게도 '대입'이라는 말을 입에 달고 살았다.

　"무슨 과에 가고 싶은지 잘 생각해서 지망학과와 관련된 꿈을 쓰면 되겠지? 항공대에 가고 싶은 사람은 장래희망란에 '파일럿'이라고 쓰면 좋을 거고, 경찰행정학과에 가고 싶은 사람은 '경찰'이라고 쓰면 돼."

　담임 말에 다소 소란스러워지더니 이내 조용해졌다. 아이들은 저마다의 꿈을 적기에 바빠 보였다. 나는 뭐라고 써야 할지 몰라 당황스러웠다. 현재 희망도 모르는데 장래희망이라니 어렵고도 어려운 숙제였다.

　담임이 장래희망 조사서를 걷어갈 때 내 장래희망란은 깨끗하게 비어 있었다. 아이들은 다 해낸 숙제를 나만 못 한 것 같아 찜찜했다. 장래희망 조사서를 두고 진로상담이 시작될 때까지도 나는 내 꿈을 확실히 정할 수 없었다. 자괴감이 들었다.

"간호사가 꿈이라니까 잘 어울릴 것 같다고 담임이 그러더라."

이레는 간호학과를 목표로 공부하고 있었다. 어렸을 때부터 쭉 백의의 천사가 꿈이었다고 했다. 일찌감치 꿈을 찾은 이레가 부러웠다.

담임 호출에 교무실로 갔다.

"영원아, 네가 가고 싶은 과를 아직 정하지 못했으면 장래희망을 사회복지사로 쓰는 건 어떻겠니?"

무슨 말을 하는지 잘 이해되지 않았다. 단 한 번도 생각해 본 적 없었고, 사회복지사가 정확히 무슨 일을 하는지도 몰랐다.

"왜요?"

담임이 왜 이렇게 말하는지 알고 싶었다.

"정말 특별한 꿈을 썼다가 원서 쓸 때 학과를 바꾸면, 전에 쓴 그 특별한 꿈이 걸림돌이 되는 경우가 있어."

담임이 진지하게 말했다. 여전히 무슨 얘기인지 감이 오지 않았다.

"다들 비슷한 점수를 들고 오잖아. 예를 들어 경찰행정학과라면 1학년, 2학년, 3학년 모두 장래희망이 경찰인 사람과 장래희망이 소설가인 사람 중에 누가 더 예뻐 보이겠어?"

담임이 설명하자 그제야 이해했다.

"근데 왜 하필이면 사회복지사예요?"

나는 여전히 알 수 없다는 듯이 고개를 갸웃거리며 물었다.

"장래희망을 사회복지사로 쓰면 나중에 어떤 과를 지망해도 걸리지 않으니까."

알쏭달쏭했다.

"왜요?"

눈 한 번 깜짝이지 않고 담임 눈을 바라봤다. 쌍꺼풀 없는 담임 눈이 희한하게 예쁘다고 생각하면서.

"잘 생각해 봐. '사회복지사' 하면 남을 이해하고 배려하는 따뜻한 사람이잖아. 타인을 위한 희생정신이나 봉사정신이 필요해. 이해심, 배려심, 희생정신, 봉사정신 같은 인간적으로 칭찬할 만한 면은 어느 과를 지망하든 장점이 될 수 있는 거지."

담임이 희한하게 예쁜 눈을 똑바로 뜨고 나를 바라보았다. '이제 알아듣겠어?' 하고 묻는 표정으로.

"아, 예에."

나는 그제야 고개를 끄덕거렸다.

담임 말대로 장래희망란에 '사회복지사'라고 적어놓고 교무실을 나왔다. 기분이 이상했다. 좀 슬픈 것 같기도 하고, 화가 나는 것 같기도 했다.

상담을 마치고 온 유리가 특별한 일이라도 하고 온 사람처럼 신나서 떠들었다.

"나, 장래희망란에 사회복지사라고 적었다."

유리의 예기치 않은 말에 쓱싹쓱싹 스케치 중이던 혜린이가 손에서 4B연필을 탁 놓았다.

"야, 너 스쿠버다이버라고 적었잖아."

"그랬는데 담임이 사회복지사로 바꿔 쓰라고 하더라. 3학년 때 학과 정할 때 좋지 않다나 봐. 담임이 그렇다면 그런 거지, 뭐."

담임 논리에 어쩔 수 없이 동조하는 느낌이었는데 한숨이 섞여 있었다.

"맞아, 나도 사회복지사라고 썼어. 내가 대학 원서를 어느 학과에 넣을지 모르잖아. 담임 말이 맞는 거 같아."

정현이가 고개를 끄덕거리며 말했다.

'나, 유리, 정현이까지? 뭐지?'

아이들 말을 듣고 있자니 장래희망란 대부분이 사회복지사로 채워진 걸 알 수 있었다. 30명이 넘는 우리 반 아이들, 얼굴도 다르고 성격도 다 다르다. 그런데 장래희망은 대부분 사회복지사라니 뭐가 이렇게 획일적이지? 교복도 획일적, 생활복도 획일적, 체육복도 획일적이더니 장래희망도 획일적이라니. 이렇게 되면 획

일의 천국인가?

"풋, 푸훗……."

웃음이 났다.

"왜? 왜? 뭐 웃기는 일 있어? 웃어야 해? 크크크크크!"

이유도 모르면서 유리가 따라 웃었다.

"다들 장래희망이 사회복지사라는 게 너무 웃겨."

내가 말했다.

"그러네. 웃긴다, 진짜."

유리가 더 크게 웃어댔다.

"완전 웃겨."

이레도 웃었다.

"개웃겨."

혜린이도 웃었다. 하도 웃어서 눈물이 났다. 눈물을 닦는데 꼼짝하지 않고 앉아 책을 보고 있는 시아가 눈에 들어왔다. 팔꿈치로 유리 옆구리를 치며 턱으로 시아를 가리켰다.

"야, 류시아!"

유리가 부르자 시아가 돌아봤다. 시아 눈망울이 초롱초롱 빛났다. 우리가 이러고 있는데도 아무런 동요도 일지 않는다는 게 신기했다.

"너는 장래희망란에 뭐라고 썼냐?"

유리가 물었다. 나도 궁금했다. 시아는 어깨를 한 번 으쓱하는 걸로 대답을 대신하고는 다시 돌아앉았다.

"쟤야, 판사지."

이레가 당연한 거 아니냐는 표정으로 웃다 말고 말했다.

"맞아, 쟨 S대 로스쿨 가서 판사 되면 되지."

혜린이도 거들었다.

"판사 돼서 잘 먹고 잘살아라, 류시아."

유리가 시아를 향해 엄지척을 해줬지만, 시아는 돌아보는 대신 왼손을 번쩍 들어 올렸다. 커다란 손목시계 알이 반짝거렸다. 시아는 다른 애들과 달리 언제나 손목시계를 차고 다녔다.

여학생은 축구 하면 안 되나요?

1학년도 어느덧 막바지에 다다랐다. 학년 초 열공 분위기였던 교실은 포기자들이 늘면서 활기를 잃은 지 오래였다. 아이들은 한 명 한 명 공부가 아닌 다른 길을 찾기 시작했다.

얼굴이 예쁜 수연이는 연기학원에 다니기 시작했고, 유딩부터 중딩 때까지 피아노 학원에 다니다가 고딩이 되면서 그만둔 지영이는 다시 피아노 학원에 등록했다. 그림을 잘 그리는 혜린이는 변함없이 미술부에서 활동하고 있었다. 몇몇을 뺀 아이들 대부분은 자신의 꿈을 찾지 못한 채 하루하루를 견디고 있었다.

아이들이 새로운 꿈을 찾고, 오래도록 간직해 온 꿈을 버리고,

다시금 꿈을 찾아 헤맬 때도 시아는 흔들림 없이 전교 톱을 이어 갔다. 나는 우리 반 2등을 유지하고 있었지만, 시아와 나 사이에 는 좁혀지지 않는 엄청난 실력 차이가 존재했다. 햇살로 치자면 3학년 교무실이 있는 4층을 비추는 햇살과 창고가 있는 반지하에 파고드는 햇살 정도의 실력 차이였다.

때로 자괴감이 들었고 자존심이 상했다. 판사라는 시아 아빠의 우수한 유전자가 부러웠고, 택시 운전사라는 우리 아빠의 유전자 가 원망스럽기도 했다. 누가 뭐래도 유전자는 힘이 세다.

시아는 글쓰기 실력도 상당했다. 학교에서는 수시를 위해 각종 글쓰기 대회를 열었다. 자소서 쓰기, 대학교 탐방기, 독후감, 통일 글짓기, 양성평등 글쓰기 등 각종 글쓰기 대회 수상자는 생기부에 그대로 기록되어 수시에 유리하다.

시아는 대회 때마다 상을 탔다. 나는 시아한테 지지 않으려고 죽을힘을 다해 글을 썼다. 꼭 시아 때문만은 아니었다. 어릴 때부 터 책을 많이 읽어온 나는 글쓰기 대회에서만큼은 독보적인 위치 를 차지하고 싶었다. 또 그래야만 꿈이 없는 내가, 장래희망란을 사회복지사로 채운 내가 대학 가는 데 좀 더 유리할 것이기도 했다.

글쓰기 대회에서 시아와 나는 엎치락뒤치락 1, 2등을 다퉜다. 시아한테 밀리면 속상했고, 시아를 제치면 짜릿했다. 상품은 늘 문화상품권이었다. 나는 문상을 타다가 엄마에게 주곤 했다. 엄마는 내가 1등일 때는 기분 좋게 웃었지만, 1등을 놓치면 빅세일 끝난 다음 날 물건을 산 기분이라고 했다.

위로는 못 할망정 그렇게 말하다니 너무한 거 아니야? 난 엄마가 피곤하다고 찬밥 비벼 먹으라면 먹었고, 냉동식품을 전자레인지에 돌려줘도 군소리 없이 먹었다고. 그래도 엄마 음식솜씨가 최고라고 엄지척 안 한 적 있어? 그렇게 1등만 좋아하다가 큰일 나지!

진짜 큰일이 났다. 나한테 말고 엄마한테 말이다. 나는 문상을 엄마가 아닌 아빠에게 주기 시작했다. 아빠는 엄마처럼 지나친 기대도 닦달도 하지 않았다. 그저 "우리 딸, 베스트 드라이버야!"라고 말했다.

딱 한 가지 내가 시아한테 전혀, 절대, 네버, 꿀리지 않았던 건 바로 운동이었다. 시아는 운동을 못해도 너무 못했다. 달릴 때 보면 달리는 건지 걷는 건지 분간되지 않았다. 피구는 시작하자마자 아웃당하기 일쑤고, 배구를 할 때마다 시아네 편이 졌다. 완전 민폐였다. 그런데도 체육샘은 시아를 예뻐했다. 공부 못하는 애들이 실수하면 그것도 못 하냐고 핀잔하면서, 시아한테는 싫은 소리 한마디 안 하고 넘어갔다. 정말, 개싫었다.

남학생들만 축구를 하게 하고, 여학생들은 피구나 배구 하라고 하는 체육샘이 못마땅했다. 나라면 여자애들한테도 축구 하라고 할 텐데.

"샘, 우리도 축구 하면 안 돼요?"

샘한테 볼멘소리를 하자 아이들이 깜짝 놀라 나를 돌아봤다. 시아가 제일 놀란 듯했다. 나는 시아를 못 본 체했다.

"너 혼자만 한다면 뭐 해? 애들은 다 싫어해."

샘은 여학생들한테 물어보지도 않고 결론 먼저 내렸다. 샘이 무슨 오대산 지암 도사도 아니고 애들 속마음을 어떻게 다 안다고 저러는지 모르겠다. 여자도 축구 하고 싶다고요! 내 마음을 몰라주는 샘이 미웠다.

우리는 지난 시간과 다름없이, 변함없이, 여전히, 어게인, 또 피구를 해야 했다. 시아가 우리 편이 되어 내 뒤에 몸을 숨기면서 공을 피해 다녔다. 시아를 노리고 내리꽂히는 공을 내가 다 받아냈다.

'네가 머리가 좋으면 얼마나 좋아? 공도 못 받으면서. 난 너보다 공을 훨씬 잘 받아.'

나는 쌩쌩 날아오는 공을 턱턱 받아냈다. 우리 편 애들은 내가 공을 받아낼 때마다 환호성을 질렀다. 손뼉을 치는 애들도 있었다. 나는 우리 편이 전열을 가다듬도록 시간을 버는 한편, 상대편이 우왕좌왕하는 틈을 놓치지 않고 공격했다.

'네가 공부를 잘하면 얼마나 잘해? 달리기도 못하면서. 난 너보다 달리기를 훨씬 잘해.'

나는 날아다니는 공 사이를 요리조리 피하며 잽싸게 뛰어다녔다.

'네가 아는 게 많으면 얼마나 많아? 공도 못 던지면서.'

나는 속공으로 내리꽂히는 공을 턱턱 받아 있는 힘껏 던져 상대편을 한 명 한 명 아웃시켰다. 그야말로 물 만난 물고기요, 토끼를 본 독수리였다. 운동할 때 보면 내가 생각해도 믿기지 않을 정도로 펄펄 뛰었다. 아니, 훨훨 날아다녔다. 내 속에 감춰진 힘이 솟아나고, 날개가 돋아나는 듯했다.

'날개야, 다시 돋아라. 날자. 날자. 한 번만 더 날자꾸나!'

앗, 이건 이상의 소설 문장인데? 어쨌거나 날개야, 돋아라!

공부해라, 핸드폰 그만해라, 연애는 대학 가서 해라, 졸지 마라, 게임하지 마라, 이거 해라, 저거 해라, 이거 하지 마라, 저거 하지 마라 …… 세상은 요구사항, 금지사항 천지였다. 나는 그 요구사항, 금지사항을 잘도 지키며 살고 있지만, 온몸이 쇠사슬에 꽁꽁 묶인 것처럼 갑갑하다고 느낄 때가 많았다.

"에잇!"

나를 향해 맹렬하게 날아오는 공을 받아 그대로 힘껏 뛰어오르며 상대편 아이 등을 향해 내리꽂았다. 공을 등에 맞은 아이가 앞으로 넘어질 듯 비틀거리며 그대로 경기장 밖으로 나가떨어졌다.

전열을 가다듬으려 고개를 뒤로 돌렸을 때, 시아가 보였다. 시아는 여전히 나를 방패막이 삼고 있었다. 순간 약이 올랐다.

'내가 아무리 운동을 잘해도 내 성적은 항상 너를 따라잡을 수 없어.'

가슴이 찌릿했다.

'엄마는 너를 제쳐야 한다고 성화야.'

엄친딸은 딱 질색이었다.

'넌 모든 걸 기억하지. 그래서 부러워.'

안 그러려고 해도 엄마 성화에 시달릴 때마다, 샘들이 무한 신뢰와 애정을 쏟을 때마다 샘이 났다.

'왜 하필 우리 학교야? 외고도 있고, 특목고도 있는데!'

시아처럼 특별한 애가 별 볼 일 없는 우리 학교에 왔다는 것부터가 맘에 안 들었다.

'너 때문에 생긴 이 열등감을 어쩌라고!'

에잇! 시아를 향해 굶주린 야수처럼 달려드는 공을 보는 순간 나는 몸을 사렸다.

'난 네 수호천사가 아니야.'

속수무책, 시아는 위력적인 속공에 얼굴을 맞고 주저앉아 버렸다. 잠시 경기가 중단되었다.

'나 원 참, 그것도 못 피하고 얼굴을 들이대냐?'

암튼 운동 못하는 애들은 공을 무슨 시한폭탄쯤으로 안다니까.

못 말려 정말.

"어디 봐봐."

나는 시아 손을 얼굴에서 떼어냈다. 시아가 인상을 써서 그런지 더 아프게 보였다.

"샘, 시아 보건실에 데려다주고 올게요."

시아를 부축해서 보건실로 갔다.

보건실 가는 길에 화장실에 들렀다. 생리대를 갈아야 했다. 우리 학교는 여자 화장실에 생리대 자판기를 새로 설치했다. 카드 뒤에 있는 바코드만 찍으면 교내 식당, 매점, 자판기 등을 이용할 수 있는 시스템이었다. 나는 자판기에 카드를 찍었다. 오류가 났다.

시아는 느릿느릿 손을 씻고 얼굴을 닦았다. 광대뼈 부분이 조금 부은 것처럼 보였다.

"너 나한테 유감있냐?"

시아가 거울을 통해 나를 보며 물었다. 나는 다시 자판기에 카드를 대면서 속으로 말했다.

'그래, 있다. 유감.'

"난 유치원 친구 만나서 좋은데 넌 안 좋아?"

'별로.' 또 오류다. 얘는 왜 자꾸 오류가 나나 몰라.

"유치원 때부터 너랑 같이 놀고 싶었는데, 네가 남자애들이랑만 놀아서 낄 수가 없었어. 그때 너희 축구 하고 뛰어다녔잖아. 난 그런 거 못하기도 했지만 싫었거든."

'그랬나?'

"너랑 놀고 싶었는데 그러지 못해서 늘 아쉬웠어. 그래서 그랬나? 네가 가끔 생각나더라."

'그런 거였어? 학년 초에 나를 보자마자 기억했던 거. 그나저나 왜 지금 이런 얘길 하지? 더 친하게 지내자는 건가? 내 속에 들끓는 이 열등감은 어쩌고? 친하게 지내면 더할 텐데.'

어떤 애들은 예쁜 친구랑 놀면 자기가 예쁜 것 같아서 자존감이 높아진다고 했다. 공부 잘하는 친구랑 친해도 그렇게 생각하는 애들도 있었다. 나는 아니었다. 비교되는 게 싫었다. 사람들은 비교하지 말아야 할 것을 비교했다. 그야말로 악취미였다.

시아가 나를 배려하느라 밥을 빨리 먹고 달려올 때가 많은 건 사실이었다. 한 테이블에서 같이 먹기도 하지만, 나는 시아한테 그다지 호감을 느끼고 있진 않았다. 머리 좋은 시아가 그걸 모를 리 없었다.

나는 애먼 생리대 자판기를 탁탁 쳤다. 시아가 자기 카드로 생리대를 빼서 건넸다. 쪽팔려서 안 받고 싶었는데 급해서 받았다. 얼른 화장실 안으로 들어갔다. 밖으로 나왔을 때 시아가 기다리고 있었다.

"너 괜찮은 거 같은데, 보건실 혼자 가라."

나는 시아를 뒤로하고 운동장으로 내달렸다. 자꾸만 발이 꼬여 하마터면 넘어질 뻔했다. 시아를 향한 동경과 질투, 고마움과 자괴감, 친밀감과 거리감 등 내 복잡한 감정이 그대로 드러나는 것 같아 민망했다.

저만치 유리가 마주 뛰어와 내 옆에서 같이 뛰었다.

"너 일부러 시아 엿 먹인 거지?"

"뭔 소리래?"

나는 인상을 찌푸렸다. 또 넘어질 뻔했는데 간신히 중심을 잡았다.

"아님 말고."

유리가 속도를 냈다. 나는 흔들리는 유리 똥머리를 보면서 속도를 늦추다가 걸었다. 유리 말고 다른 애들도 내가 시아를 엿 먹인 거로 생각할 수 있다는 게 신경 쓰였다. 무엇보다 시아가 눈치챘을지 모른다는 생각이 들었다. 쪽팔려 정말. 쪽팔림의 대환장 파티다.

'나야말로 난해한 무리함수야.'

머리카락을 움켜쥐었다. 쥐어뜯으려던 건데 뜯기지는 않고 아프기만 했다. 되는 일이 없었다.

피구가 끝나자 샘은 짝 피구를 하라고 하고, 남자애들 축구 하는 데로 뛰어갔다. 샘은 자주 남자애들과 어울려 축구를 했다. 애들보다 더 신나 보였다.

짝 피구를 하기 위해 짝을 정하는데 저쪽에서 시무룩한 모습으로 시아가 걸어오고 있었다. 짝 잃은 외기러기 같다고 해야 하나, 길 잃은 송아지 같다고 해야 하나. 암튼 안 돼 보였다.

"나 시아랑 짝할게."

시아가 들었는지 멈칫했다. 그러더니 이내 빠르게 걸어와 내 옆에 섰다. 표정이 밝아져 있었다. 내 속에 들끓던 쪽팔림의 대환장 파티를 끝내도 될 것 같았다.

"잘하자."

우리는 열나게 뛰어다녔다. 나는 아무리 공을 맞아도 죽지 않는 아이였고, 시아는 공이 닿으면 죽는 아이였다. 나는 죽을힘을 다해 공과 맞서 싸웠다. 그야말로 시아를 보호하는 수호천사가 된 양 훨훨 날았다. 모처럼 마음도 몸도 시아 앞에서 정갈해지는 느낌이었다.

축제는 아름다워

　학교축제가 시작되었다. 단 하루였지만 아이들은 흥분의 도가니에 빠졌고, 학교 전체가 술렁였다. 여자애들은 평소보다 화장을 짙게 하고, 교복 치마도 더 짧게 입었다.

　"1년에 한 번이야. 오늘만큼은 다 내려놓고 맘껏 즐겨. 단, 사고는 치지 말고!"

　조례를 마치자 자유시간이 주어졌다. 축제 준비를 맡은 준비위원들 말고는 자유로이 부스를 돌아다니며 즐길 수 있었다. 교실 하나가 그대로 하나의 부스가 되었다. 각 반의 축제준비위원들은 며칠 내내 축제 준비로 바빴고, 축제 당일에도 새벽같이 와서 준비하기도 했다. 우리 반에는 조례가 끝나자마자 미술부인 혜린이와, 미술부는 아니지만 만화를 잘 그리는 경주가 페이스페인팅 부스를 차렸다.

아이들이 삼삼오오 무리 지어 다른 부스를 돌아다니는 동안 우리는 페이스페인팅 먼저 했다.

"새 한 마리만 그려줘. 파랑새로."

나는 혜린이 앞에 손등을 내밀었다.

"난 거미 그려줘. 아주 예쁜 거미."

경주 얼굴 가까이 얼굴을 들이대고는 눈을 깜빡거리는 유리 때문에 한바탕 웃음이 쏟아졌다.

"예쁜 거미가 어딨냐? 거미가 다 징그럽지."

유리 뒤에 있던 이레가 진짜 징그러운 거미라도 본 듯 치를 떨었다.

"아기들은 다 예쁘잖아. TV에서 봤는데 새끼 거미가 완전 예뻤엉."

유리는 자기 앞에 있는 경주가 새끼 거미라도 되는 양 눈웃음을 쳤다.

"알았어. 거미 새끼 그려줄게. 움직이지 마."

경주가 유리 얼굴에 붓을 대려 하자,

"야, 거미 새끼가 아니고 새끼 거미야."

유리가 엉덩이를 꼬집힌 새끼 거미처럼 눈을 흘겼다. 아니, 발등을 밟힌 거미인가?

"그거나 저거나."

내 말에 유리가 혀를 쏙 내밀었다.

내 손등에는 어느새 파랑새 한 마리가 내려앉았다. 눈과 다리, 발가락은 까맣고, 배부터 꽁지 아랫부분까지는 하얗고, 나머지는 온통 파란색인 파랑새.

어렸을 때 모리스 마테를링크의 《파랑새》를 좋아했다. 치르치르와 미치르가 파랑새를 찾아 헤맬 때, 나도 그 아이들과 함께 파랑새를 찾아다닌다고 상상했다. 어디선가 정말 멋진 파랑새를 찾을 수 있을 거라고 기대하면서. 나중에 《파랑새》가 행복은 먼 데 있는 것이 아니라 우리 가까이 있다는 것을 말해준다는 사실을 알게 되었을 때 느꼈던 전율을 아직도 잊을 수 없다.

나는 이따금 파랑새가 집에 있는 것도 모른 채 파랑새를 찾아 헤매고 있는 건 아닌가 하는 생각을 했다. 시아도, 나도, 유리도, 이레도, 혜린이도 모두 다.

"고마워. 너무 맘에 들어."

내 손등에 그려진 파랑새를 보고 다른 아이들도 하나같이 예쁘다고 해주었다. 유리는 새끼 거미를 보겠다고 거울을 꺼내 요리조리 비춰보며 좋아했다.

"베리베리 땡큐야. 완전 좋아."

유리는 왕파리를 잡은 거미처럼 흥분된 얼굴로 엄지척을 해 보였다.

"난 키키의 빗자루."

시아가 혜린이 앞에 앉으며 주문했다. 시아가 키키의 빗자루를 소환할 줄은 몰랐다. 〈마녀 배달부 키키〉는 마녀인 엄마와 인간인 아빠 사이에서 태어난 소녀 '키키'의 성장 스토리가 담긴 애니메이션이었다. 유치원에서 처음 봤던 것 같은데, 엄마 말에 따르면 내가 유치원에서 〈마녀 배달부 키키〉를 보고 와서는 몇 날 며칠 먼지떨이를 빗자루 삼아 가랑이 사이에 넣고 뛰어다녔다고 한다. 그 모습을 찍은 사진이 지금도 앨범에 있었다.

혜린이는 무슨 말인지 몰라 멀뚱히 시아 얼굴을 쳐다보았다.

"마녀의 빗자루 말이야. 마녀 배달부 키키."

내가 말하자 혜린이가 고개를 끄덕거렸다.

'쟤도 빗자루 타고 날아다니고 싶나?'

나는 마녀가 되어 빗자루를 타고 날아다니는 꿈을 꾸곤 했다. 시아는 어디를 날아다니고 싶은 걸까? 마녀의 빗자루를 타고 날아다니면서 무엇을 하고 싶은 걸까? 궁금해졌다.

"난 하얀 나비."

이레가 경주에게 주문했다. 시아와 이레 손등에 마녀의 빗자루

와 하얀 나비가 다 그려지기를 기다렸다가 우리는 교실을 나왔다.

"얼른 미술 전시장으로 가자. 혜린이 작품 빨리 보고 싶다."

우리는 뛰다시피 미술실로 갔다. 작품은 모두 훌륭했다. 혜린이 솜씨도 빠지지 않았다. 혜린이는 미대에 가고 싶어 했다. 다른 미술부원들도 마찬가지일 것이다. '미대에 가서 화가가 되든 디자이너가 되든 하겠지. 내가 아무런 꿈도 없이 공부만 하는 사이에 애들은 이토록 확실한 자신의 길을 가고 있었구나.' 머리를 한 대 세게 얻어맞은 느낌이었다.

미술실을 나온 우리는 귀신의 집으로 갔다. 귀신의 집에서 한껏 소리도 지르고, 맘껏 웃기도 했다. 그동안 쌓인 스트레스를 귀신들이 다 잡아가는 짜릿한 해방감에 전율했다.

귀신의 집에서 나온 우리 모습은 말이 아니었다. 눈물 콧물 다 짠 데다가 머리는 봉두난발이라 그야말로 꼴사나웠는데, 보기 흉한 서로의 모습을 보며 깔깔거리기 바빴다. 우르르 화장실로 달려가 옷매무새를 고치고, 화장을 고치고, 머리를 다듬었다.

"어때? 예뻐?"

유리가 평소보다 두 배는 진하게 입술을 칠하며 물었다.

"응, 완전. 나는?"

이레는 볼 터치를 너무 진하게 해서 쓱 봐도 너무 튀었다.

"야, 너 뺑덕어멈 같아. 안 되겠다. 여기 봐봐."

화장을 잘하는 유리가 이레 볼 터치를 수정해 주었다. 평소에 화장을 안 하던 시아도 비비를 진하게 발라 예뻤다. 나는 아침에 엄마 립스틱 중에서 제일 진한 색으로 바르고 나왔는데 다 지워졌다. 내가 립스틱을 바르고 입술을 마주 붙였다 떼며 말했다.

"역시 립스틱은 엄마 꺼가 딱이야."

우리는 오늘따라 짧게 입은 교복 치마를 허리에서 한 번씩 더 접었다. 길이가 껑충했다.

"이거 어때?"

유리가 교복 위에 걸친 남색 후드집업을 쓸어내렸다. 그러고 보니 못 보던 새 옷이었다.

"새로 샀어?"

시아 물음에,

"커플룩이야. 크크크."

기다렸다는 듯이 얼른 대답하는 유리. 좋아 죽겠다는 듯이 웃는다.

"커플룩 입으면 원래 저런 거야? 아주 그냥 좋아 죽는다, 죽어."

시기와 질투가 뚝뚝 묻어나는 내 말.

"커플룩? 누군데? 말해봐. 말해봐!"

다그치는 이레.

"종수."

종수라는 말이 떨어지자마자 우리는 누가 먼저랄 것 없이 유리 등을 치며 꺅꺅거렸다.

"둘이 언제 그런 사이가 된 거야?"

"그러게. 말해봐. 말해봐."

연애의 비밀을 캐내려고 호들갑을 떨었다. 유리의 연애 이야기는 점심시간까지 우리에게 즐거움을 선사했다.

오후에는 여러 공연을 보기 위해 1, 2학년이 다 강당에 모였다. 3학년은 축젯날인데도 수업했다. 3학년이 빠진 강당은 넉넉해서 좋았다.

첫 번째 공연은 연극부의 뮤지컬 〈그리스〉였다. 바닷가에서 만난 남학생과 여학생이 학교로 돌아와서 벌이는 이야기였다. 무대에서 춤추고 노래하고 연기하는 내내 흥분이 가라앉지 않았다. 공연이 이어지는 동안 가슴이 뛰었다. 여자주인공이 된 기분에 흠뻑 빠져들기도 했다.

공연 도중에 몇 번이나 박수가 터져 나왔는데, 시아가 제일 크게 박수갈채를 보냈다. 시아는 자리에서 일어나 제일 먼저 그리고 제일 마지막까지 손뼉 치며 환호했다. 우리 반 애들 눈이 두 배는 커졌다. 그도 그럴 것이 시아는 전교 톱인 모범생 아닌가? 얌전하게 공부만 하는 줄 알았던 모범생이 이런 화끈한 면이 있다고는 꿈에도 생각하지 못했을 거다. 애들아, 모범생도 때론 화끈할 때가 있단다.

　다음은 비보이 동아리 '개털'의 공연이었다. 머리를 땅에 대고 팽이처럼 돌기도 했고, 허공에서 몇 번이고 공중제비를 돌기도 했다. 여러 명이 허공에서 엇갈리며 공중제비를 도는 신기한 묘기가 경쾌한 음악과 현란한 조명 아래서 빠른 박자로 이어졌다.

　"오빠!"

　여기저기서 여자애들이 오빠를 부르며 깍깍거렸고, 휘파람을 날리기도 했다. 오빠라는 말은 참 묘하다. 엄마가 잘 부르는 〈오빠 생각〉이라는 노래에서 듣는 오빠는 가슴이 아리고, 애들이 남친 오빠를 말할 때 듣는 오빠는 오글거렸는데, 공연장에서 듣는 오빠는 왜 이토록 두근거리는지 모르겠다. 큐피드가 쏜 화살이 내 심장을 향해 날아오는 걸 상상할 때만큼이나 흥분되었다.

　체육부 춤 공연의 절정은 단연 남학생들의 단추 뜯기였다. 음악에 맞춰 춤을 추다가 남학생들이 일시에 셔츠 단추를 양쪽으로 확 잡아당겼다. 셔츠 단추가 뜯겨 나가면서 울퉁불퉁한 가슴근육과 복근이 그대로 드러나자 여자애들이 자지러졌다. 시아가 기절할 정도로 흥분해서 소리를 질러대는 통에 우리 반 애들 다 당황스러웠다. 시아야, 진정해라. 그러다 너 진짜 기절하는 거 아니니?

　모든 공연 중 하이라이트는 단연 아이돌 공연이었다. 텔레비전에서만 보던 아이돌이 실제로 눈앞에 나타나 무대를 채우자 애들은 까무러칠 듯이 열광했다. 그야말로 열광의 도가니였다. 도가니도 그런 도가니가 없었다.

나도 물론 열광했다. 아이돌에 열광했다기보다는 아이돌이 부르는 노래와 현란한 춤에 열광했다. 현실에서 직접 듣는 노래는 텔레비전에서 듣던 것보다 몇 배는 더 감동적이었다. 춤도 실제로 보니 더 현란하고 섬세했다. 아름답기까지 했다.

문제는 예기치 않은 데서 발생했다. 유리 남친 종수가 너무 흥분했는지 어쨌는지 아이돌 공연 내내 무대 바로 앞으로 나가 두 팔을 머리 위에서 흔들어대며 춤을 추었다. 남색 후드집업을 입은 채였다. 종수를 보는 유리 표정이 굳어졌다.

"아까부터 눈에 보이는 사람이 있어요. 저희가 노래하는 동안 계속 저한테 눈빛을 보내주셨는데요. 무대 위로 모시겠습니다."

노래를 마친 아이돌 중 한 명이 종수에게 올라오라고 손짓했다. 그러자 종수가 번개처럼 빠르게 무대 위로 뛰어올랐다. 올라가면서 남색 후드집업을 벗어 허리에 둘렀다. 아뿔싸!

남색 후드집업을 입고 있는 유리는 딱딱하게 굳은 것처럼 보였다. 아는지 모르는지 종수는 기절할 듯이 좋아하며 무대 위에서 아이돌들과 악수하더니, 종수를 불러낸 아이돌과는 가볍게 포옹까지 했다. 남학생들은 마치 자기가 포옹이라도 한 듯 좋아하며 소리를 꽥꽥 질러댔다.

굳어 있던 유리 몸이 이제는 숫제 파르르 떨렸다. 그러더니 남색 후드집업을 벗으며 말했다.

"개새끼, 죽여버릴 거야."

공연이 끝나자 곧바로 유리는 종수를 만나 연애를 끝장냈다.

"야, 빙신 새꺄. 아이돌이 그렇게 좋냐? 그렇게 좋으면 걔랑 사귀어."

남색 후드집업을 종수에게 내던졌다. 유리다웠다.

축제가 모두 끝났을 때, 이레는 매일 축제면 좋겠다며 아쉬워했다.

"그러게, 날마다 축제면 짱 좋겠다."

내가 맞장구를 쳤다.

"오늘만 축제지. 내일부터는 다시 전쟁이지 뭐."

시아가 초를 쳤다. 우리는 모두 한숨을 푹 내쉬었다.

"그래도 인생은 아름다워!"

혜린이가 두 팔을 한껏 벌린 채 한 바퀴 돌았다. 나팔꽃 같은 스커트가 아슬아슬했다. 혜린이는 뭐든 긍정적으로 생각하는 면이 있었다. 확실한 꿈이 있어서 그런지도 모르겠다.

나도 내 꿈이 확실해지면 혜린이처럼 긍정 우먼이 될 수 있을까? 인생은 아름답다고 말할 수 있을까?

"축제는 더 아름다워! 쪽팔리는 남친만 빼면."

유리가 씩씩거렸다.

"난 종수 이해해. 아이돌 좋아서 그런 건데 무슨 죄냐?"

혜린이 말에,

"됐거든. 그건 완전 배신이거든."

유리가 딱 잘라 말했다. 우리는 더는 종수 얘기를 꺼내지 않았다.

어쨌든 축제는 오래도록 기억에 남을 것 같았다. 황홀했다.

인생이여! 축제처럼 아름답고 황홀하여라!

찢어진 노트와 달콤한 고백

축제로 풀어졌던 아이들은 학년말시험이 가까워지면서 애써 마음을 추슬렀다. 교실 분위기는 점점 긴장감이 높아졌다. 1학년 마지막 시험인 만큼 다들 시험을 잘 보고 싶어 하는 마음이 간절해 보였다. 아이들은 저마다 쉬는 시간에도 문제집을 풀고, 오답노트를 적고, 교과서를 외웠다.

아무리 시험이 닥쳐도 라면의 유혹은 뿌리치기 힘들지. 선생님이 수업시간에 시험공부 하라고 자습시켰는데, 어디선가 솔솔 라면수프 냄새가 풍겼다. 누군가 쉬는 시간에 미리 라면을 잘게 부수고, 라면수프까지 뿌려놓은 게 틀림없다. 종종 있는 일이었다.

그러잖아도 가뜩이나 급식실에서 풍기는 음식 냄새 때문에 배에서 쉴 새 없이 꼬르륵 소리가 나는데, 라면수프 냄새까지 맡으니 허기가 거세게 몰려왔다. 누가 범인인지 보려고 둘러보다가 유리 눈과 마주쳤다. 유리가 샘 모르게 라면 봉지를 흔들어 보였다. 오, 예! 나는 샘 눈치를 살피며 얼른 고개를 끄덕였다.

유리가 라면 조각을 돌렸다. 유리가 앞, 뒤, 옆에 앉은 애들에게 주면 그 애들이 다시 주변 애들에게 전달하는 식이었다. 나도 한 조각 받아서 냉큼 입에 넣었다. 단단한 라면을 깨물어 먹을 수는 없었다. 샘한테 들키면 혼날 게 뻔했다. 우리는 입을 다문 채 침으로 라면을 불렸다. 그러고는 라면이 불어서 깨물어도 소리 나지 않을 때 조용히 씹어먹었다.

샘 몰래 먹는 라면은 기똥차게 맛있었다. 라면수프 냄새가 진하기 때문에 어쩌면 샘들도 다 알면서 모르는 척 눈감아 주는지도 몰랐다.

"샘들 다 알면서 눈감아 주는 거 아닐까?"

"그런 거 같아."

"왜?"

"왜는? 귀엽잖아."

"맞아, 큰 말썽 안 일으키고 배고파서 라면 나눠 먹는 건데 쫌스럽게 혼내긴 쫌 그렇지."

"그래, 사랑스러운 제자들이 아사하기 일보 직전에 살겠다고 하는 짓인데 봐줘야지."

"샘들도 아마 학교 다닐 때 그랬을 거야."

아이들은 저마다의 논리로 수업시간에 라면 나눠 먹는 행위를 합리화했고, 샘들까지 끌어들이며 정당화했다. 아닌 게 아니라 수업시간에 라면을 돌려먹는 일은 귀여운 장난에 속했다. 그러나 전혀 귀엽지 않은, 수업시간에 라면 나눠 먹는 것과는 차원이 다른 장난, 아니 범죄가 시험 마지막 날 일어났다.

"앗, 내 요약 노트가 사라졌어!"

찢어지는 듯한 목소리가 교실을 가득 메웠다. 얼굴이 하얗게 질린 시아가 책상 위에 가방을 엎어놓고 뒤적거리고 있었다. 삽시간에 교실이 소란스러워졌다.

"뭐야? 잘 찾아봐."

현주 말에,

"아무리 찾아도 없어."

시아가 떨리는 목소리로 대답했다.

"집에 두고 왔나 보지."

누군가의 말에,

"아니야, 분명히 갖고 왔어."

시아가 그렇다면 그런 거였다. 정확하고 정직하니까.

"누구야? 누가 류시아 노트 가져갔냐고?"

반장 말에 자기가 그랬다고 나서는 애는 없었다.

"됐어. 다들 공부해."

시아가 할 수 없다는 듯 자리를 정리하고 앉았다. 교실은 이내 조용해졌다. 시험 마지막 날의 가벼운 흥분과 긴장이 뒤섞인 채 시간이 흘러갔다.

"야, 다들 너무 열심히 공부하는 거 아냐?"

서장미였다. 맨날 공부 안 하는 척하면서 시험 잘 본다고, 애들이 장미 없는 데서 '재수탱이'라고 수군거렸다. 장미는 우리 반에서 성적으로 다섯 손가락 안에 들었다.

"대충 해, 대충. 시험도 다 운빨이야."

장미는 늘 이런 식으로 남의 노력을 하찮게 여기는 말을 해서 미움을 받았다. 그러거나 말거나 나는 초치기에 여념이 없었다. 경험상 시험시간 바로 전에 하는 초치기 효과도 무시할 수 없었다.

시험이 끝나자마자 아이들은 늘 그랬던 것처럼 시험지 맞춰보기에 정신이 없었다. 환호성을 지르기도 하고 한숨을 쉬기도 했다. 익숙한 풍경이었다.

"아씨, 망했어."

장미의 푸념이 또 시작되었다. 장미는 시험만 끝나면 못 봤다고 씩씩거렸다. 화를 삭이지 못하고 책으로 책상을 팍팍 치기도 했다. 오늘도 변함없이 장미의 분노가 폭발하고 있었다.

"개망했어. 어떡해. 어떡해."

장미가 1학기 첫 시험에서 울고불고했을 때, 우리는 모두 놀라서 어쩔 줄을 몰랐다. "많이 틀렸어?" 관심을 보였고, "다음에 잘 보면 되지, 뭐" 위로도 했다. 장미가 한두 개 틀려놓고 약이 올라서 방방 뛴다는 걸 알고는 어이가 없었다. 그 뒤로 장미가 아무리 푸념하고 아무리 화를 내도 아무도 위로해 주지 않았다.

'노트 없어서 시아가 오늘 시험을 망쳤을까? 망쳤으면 좋겠다……'

나도 모르게 이런 생각을 하다가 나는 화들짝 놀랐다. 아무리 절박해도 남의 불행을 바라면 안 되는 거다. '윽, 크레이지!' 내 머리를 쥐어박았다.

종례시간에 들어온 담임은 심각한 얼굴로 말했다.

"다들 눈 감고, 시아 노트 가져간 사람만 손들어."

낮고 엄한 말투였다. 교실은 찍소리도 나지 않았다.

"없어? 지금 손들기 어려우면 개인적으로 나 찾아와. 기다릴게."

종례가 끝나자마자 아이들은 저마다 자기가 범인이 아니라는 걸 증명이라도 하려는 듯 재빠르게 교실을 빠져나갔다.

다음날 시아 노트가 갈기갈기 찢어진 채 여자 화장실에서 발견

되었다는 소문이 파다하게 퍼졌다. 우리 반뿐 아니라 학교 전체로 퍼져나갔다. 그런데도 범인이 누군지는 밝혀지지 않았다. CCTV는 학교 본관 현관과 체육관 건물 현관, 급식실 현관 등 몇 군데밖에 없었다. 다른 사람의 눈을 속이려면 얼마든지 속일 수 있는 구조라서, 범인 스스로 자백하지 않는 한 범인을 찾기는 어려울 것 같았다.

요약 노트를 잃어버리고도 시아는 우수한 성적으로 1학년 마지막 시험까지 톱을 지켜냈다. 무슨 일이 일어나도, 누구도 시아 자리를 탈환하기는 어려워 보였다.

정점을 향해 치닫는 추위가 한층 매섭게 느껴졌다. 밤새 함박눈이 펑펑 쏟아졌다. 등굣길이 눈에 파묻혀 어디가 차도인지 인도인지 구분되지 않는 데다가 발이 푹푹 빠져서 걷기도 힘들었다. 햇살이 퍼지기 전인 이른 아침이라 그런지 악착같이 추웠다.

교실에 들어가니 온기가 확 달려들었다. 교실에는 시아 혼자 공부하고 있었다. 기말고사가 끝난 요즘엔 샘들도 영화를 보여주거나 자습을 시켰다. 애들도 해이해져 공부는 뒷전이었다. 그러거나 말거나 시아는 흔들림 없이 공부했다. 공부의 신이 아닌지 의심될 정도였다. '쳇, 공부가 저렇게 좋은가?' 나는 일부러 의자를 소리 나게 당겨 앉으며 물었다.

"기숙사에서 네가 젤 빨리 밥 먹지?"

"뭐 그런 편이지."

애들이 한 명 한 명 들어오기 시작하더니 금세 시장바닥처럼 떠들썩해졌다. 유리가 숨넘어가듯 내 이름을 부르며 다가왔다. 아침부터 또 무슨 일로 저 호들갑일까?

"너 봤어? 운동장 한가운데?"

아이들도 운동장이 뭐라고 하면서 말들이 많았다. 무슨 재미있는 일이라도 벌어졌는지 아이들 웃음소리에 흥분이 묻어났다.

"오우, 우영원!"

이레가 뛰어 들어오며 소리쳤다. 다짜고짜 누구냐고 물었다.

"뭘?"

유리나 이레나 왜들 이러는지 모를 일이었다.

"이리 와봐."

유리가 내 팔을 잡아끌어 창가로 데려갔다.

나는 창가로 바투 다가가 밖을 내다봤다. 아이들이 둘러서 있는 한가운데 하트가 그려져 있었다. 그것도 아주 커다란 하트. 하얀 함박눈 위에 누군가 하트를 그릴 수는 있다. 거기까지는 좋다. 문제는 하트 안에 쓰여 있는 글자였다. "2-7 우영원"

"뭐, 뭐야? 저, 저게?"

나는 너무 놀라서 말을 더듬었다.

"뭐긴 뭐냐? 누가 너한테 고백한 거지. 쩐다! 공개 고백이라니."

이레와 혜린이가 헤실거렸다.

"완전 부럽당."

유리는 두 손을 모으고 눈까지 감은 채 코맹맹이 소리를 했다.

"누가 운동장 편지 썼냐? 자수하면 밀어줄게."

유리가 아이들을 둘러보며 소리치자 교실이 더 소란스러워졌다.

이레가 축하한다고 놀려댔다. 됐거든. 나는 토라진 얼굴로 자리에 가 앉았다.

"축하는 무슨. 유치하다, 야."

장미가 꽈배기처럼 배배 꼬인 말투로 빈정거렸다.

"말을 왜 그리 재수 없게 하냐?"

내가 따지기도 전에 유리가 먼저 나섰다.

"서장미, 너 지금 완전 싹퉁바가지였어."

이레가 장미를 향해 가운뎃손가락을 날렸다.

"네가 잘나가서 그렇지 뭐. 네가 예뻐서 그렇지 뭐. 다 배 아파서 그래요~."

유리가 장미 들으라고 몇 년 전에 유행한 현아의 〈잘나가서 그래〉를 개작해서 불렀다. 몇몇 애들이 까르르 웃었다.

시아는 그 와중에도 열공모드를 유지했다. 옆에서 애들이 사랑의 열병을 앓아도 눈 하나 깜짝하지 않았다. 애들이 진로로 고민

하고, 집안 사정으로 방황해도 먼 나라 얘기인 양 꿈쩍도 하지 않았다. '이그, 독종!' 나는 뒤질세라 문제집을 꺼냈다. 표지에 내가 깨알같이 써놓은 낙서가 확 눈에 들어왔다. 꿈도 없는 바보의 쎈수학. 내가 '쎈수학' 앞에 '꿈도 없는 바보의'라고 써놨다.

'그래, 고딩한테 사랑까진 무리야.'

시아를 볼 때마다 나는 마음을 다잡았다.

'대학 가면 멋진 애들 많아.'

어수선하게 들뜬 마음이 가라앉긴 했지만 뭔가 좀 쓸쓸해졌다.

단축 수업을 마치고 집에 가는데 유리가 새로 사귄 남친 줄 거라면서 'I LOVE YOU'라고 쓰여 있는 인형 초콜릿을 보여줬다.

"이렇게 특별한 초콜릿을 받을 남친이 누군데?"

이레가 물었지만, 유리는 바로 답하지 않고 맞혀보라고 했다. 무슨 수로 우리가 이 앙큼한 요정 강유리 남친을 맞히겠는가.

"의리 없게 이러기야?"

혜린이가 유리 목에 팔을 둘렀다.

"야, 아파. 아파."

혜린이가 팔에 힘을 주었는지 유리가 엄살을 떨었다.

"아프면 빨리 말해."

혜린이는 여전히 팔을 풀지 않았다. 우리 모두 진실을 밝히고야 말겠다는 각오였다.

"도현이야. 재호 절친 차도현."

"에? 근데 너 재호 좋아하지 않았었냐?"

혜린이가 정곡을 찔렀다.

"재호한테 안 설렌 여자애들이 얼마나 있냐?"

유리 말에 아무도 토를 달지 않았다.

"차도현 어디가 좋은데?"

이레 말에,

"키 큰 것도 좋고, 손 큰 것도 좋고 다 좋아."

유리의 애정 넘치는 대답이었다.

"순 기생오라비처럼 생겼는데."

이레가 초를 쳤다.

"맞아, 여자애처럼 생겼어."

"으잉, 기집애들. 부러우면 부럽다고 해. 아이돌처럼 생겼다는 말을 꼭 그렇게 해야 좋냐?"

"그래, 좋다."

말은 그렇게 해도 우리는 강유리와 차도현의 새로운 연애를 축하했다.

"부럽지? 차도현이 나한테 얼마나 잘하는데. 완전 다정해."

유리 말에 우리는 하나같이 불판에 누운 오징어 흉내를 냈다.

"윽, 오글거려. 오글오글!"

우리는 구워지는 오징어처럼 두 팔을 오그리고 온몸을 비틀어 대며 키득댔다.

"누구는 좋겠다. 저렇게 비싼 초콜릿도 받고."

샘이 나서 한마디 했다.

"누가 알아? 너도 이런 거 받을지."

내 눈이 커졌다.

"누가 주는데?"

"그야 널 좋아하는 남자애겠지."

눈 위의 고백이 생각났다. 또 가슴이 설렜다.

"맞아, 너도 있잖아?"

"그래, 눈 위에 하트 고백한 애."

이레와 혜린이가 놀렸다.

"누군지도 모르는데 뭐?"

나는 '쳇' 하고 혀를 찼다.

"그니까. 누군지 밝힐 때도 됐는데 안 나타나는 게 이상하단 말이야."

이레가 눈을 가늘게 뜨며 고개를 갸웃거렸다.

"왜겠니?"

유리가 뭔가 알고 있다는 듯 딱 멈춰 서서 말했다. 아이들 눈이 유리에게 쏠렸다.

"유령이야, 유령. 유령의 고백."

말을 마친 유리는 낄낄거리며 도망갔다.

"우영원 남친은 유령이래요. 유령이래요."

도망치던 유리는 나를 돌아보며 혀를 쏙 내밀더니 다시 달렸다.

우리는 유리를 잡으러 한꺼번에 달려갔다. 유령이라도 좋았다. 이따금 눈 위의 고백이 내 마음속에 들어와 나를 미소 짓게 하고, 꿈처럼 행복하게 해주니까.

"유령이라도 좋으니 깜찍한 인형 달린 초콜릿을 한 트럭 받으면 좋겠다."

유리를 따라잡은 내가 유리 목에 팔을 두르며 말했다.

"나도 나도."

이레와 혜린이가 양쪽에서 어깨동무를 해왔다. 우리 넷은 그렇게 나란히 어깨동무한 채 학교를 내려왔다. 서로의 어깨를 안은 우리의 표정은 떠오르는 태양처럼 밝았고, 발걸음은 개선장군처럼 힘찼다.

친구들과 헤어져 집에 오는 길에 자꾸 운동장 편지의 장본인이 누군지 궁금해졌다.

'나도 연애 한번 찐하게 하고 싶다.'

눈 위에 고백한 아이와 사귀고 싶다는 생각이 문득 들었다. '유령이라도 좋아! 엥, 내가 왜 이래? 크레이지!' 머리를 세차게 흔들어 부질없는 생각을 떨쳐버렸다. 내가 누군가? 나는 대한민국의 백삼십여 만 고딩 중 한 명이었다. 새벽부터 다음 날 새벽까지 학교 수업, 학원 수업, 과외 수업, 인강을 들어야 했고, 또 그만큼의 학교 숙제, 학원 숙제, 과외 숙제를 해야만 했다. 이게 다가 아니었다. 수시 준비를 위해 봉사점수를 받아야만 했고, 각종 학교 행사에 참여해 성과를 내야 했다. 몸이 둘이라도 모자랄 지경이었다. 숨 막히게 돌아가는 하루하루를 버틸 힘을 주는 건 친구들과 운동뿐이었다.

친구들과 운동이 없었다면 여기까지도 버티지 못했을 것이다. 대학이라는 너무도 크고 뜨거운 태양을 온전히 견딜 수 없었을 것이다. 고딩은 대학이라는 거대한 태양이 24시간 내내 뜨겁게 내리쬐는 사막이었다. 그 사막에서는 밤에도 제대로 잘 수 없었다. 그저 잠깐 기절했다가 깨어나야만 했다.

나는 사막이 너무 뜨거워서 정신없이 뛰어다니는 도마뱀 같았다. 때로는 독기를 내뿜으며 파르르 떨어대는 방울뱀 같기도 했다. 어느 때는 견디기 힘겨워 자기 이파리마저 가시로 만들어 버리는 선인장 같기도 했다. 정신없이 뛰어다니다가도 어느 순간 제 꼬리라도 자르고 도망치고 싶었고, 독기를 내뿜다가도 소리 없이 재빠르고 우아하게 미끄러져 사라지고 싶었고, 온통 뾰족한 가시를 둘렀어도 언젠가는 화려한 꽃을 피우고 싶기도 했다. 그러나 그 화려한 꽃의 색깔도 모양도 나는 알지 못했다.

　한 마디로 정신없었다. 엄마인지 나인지 이제는 누가 묶어놓았는지도 모를 사슬이 때때로 내 몸을 옥죄며 숨 막히게 했다. 겉보기에는 공부 잘하는 모범생이지만, 내면은 압박감에 시달리는 메마른 고딩이었고, 정체성 없이 방황하는 사춘기 여학생에 불과했다. 이런 내가 무슨 연애를……. 귀신 씻나락 까먹는 소리지.

불쌍한 고딩을 위하여

방학식을 했다. 방학만 지나면 이제 2학년이었다. 즐거우면서도 착잡했다. 이런 복잡한 마음을 뒤로하고 오늘만큼은 맘 편히 놀아보기로 했다. 우리는 돈을 모아 편의점으로 몰려갔다.

"저거 타면 짱 신나겠다!"

편의점 쇼윈도 끝에 세워져 있는 오토바이를 보며 시아가 말했다. 그렇겠다고 건성으로 대답하며 우리는 안으로 들어갔다. 너도 나도 스트레스엔 매운 게 최고라며 매운 컵라면을 하나씩 집어 들었다. 빠지면 섭섭한 과자도 골랐다.

"톡톡도 사면 좋은데……."

이레가 아쉬운 눈빛으로 냉장고를 바라봤다. 우리 눈이 일시에 냉장고로 쏠렸다.

"다 방법이 있으니까 일단 이것만 사서 빨리 우리 집으로 가자. 톡톡은 내가 알아서 할게."

우리는 유리네 집을 향해 내달렸다. 유리네 집 옥상에 오랜만에 와봤다. 오랫동안 오지 못했는데도 늘 오던 곳처럼 익숙하고 따뜻한 느낌이 들었다. 옥상 한쪽에 놓인 노란 물탱크 색깔이 조금 흐려지고 군데군데 칠이 벗겨지긴 했어도 옛날 모습 그대로였다. 커다란 화분에 덩그러니 있던 목향목은 어느새 우람해졌다. 건조대에 빨래가 널려 있는 것 역시 여전했다.

우리는 물탱크와 화분 사이에 돗자리를 펴고 빙 둘러앉았다.

"기다려 봐. 1층 할머니한테 갔다 올게."

유리네 집에는 아주 오래전부터 세 들어 사는 할머니가 있었다. 유리는 할머니가 바나나킥을 좋아한다면서 바나나킥을 한 봉지 들고 내려갔다. 돌아온 유리 손에는 보온병이 들려 있었다.

우리는 각자가 고른 컵라면에 물을 부었다. 매운 라면 냄새가 식욕을 자극했다.

"저건 유리 메리야스, 저건 유리 양말."

갑자기 혜린이가 건조대에 널린 빨래를 보며 중얼거렸다.

"저건 유리 브래지어."

이레가 키득거렸다.

"저건 유리 빤쓰."

나도 질세라 유리 팬티를 찾아냈다. 키득거리던 우리는 급기야 와자하게 낄낄거렸다. 별것도 아닌 일인데 함께하니 '꿀잼'이었다.

컵라면은 매웠다. 모두 혀를 내밀고 헉헉거리며 먹었다. "죽인다, 살맛 난다, 매운 라면 없으면 못 살아." 다들 들떠서 한마디씩 했다.

할머니가 불러서 유리가 다시 내려갔다 오더니, 검은 봉지에서 톡톡 다섯 캔을 꺼내 돌렸다. 우리는 톡톡을 하나씩 땄다. 마음 깊은 곳에 꾸역꾸역 밀어 넣고 덮어둔 사랑이라든지 그리움, 자유, 뭐 이런 내가 정말 원하면서도 유보해 둔 감정들의 뚜껑을 열면 이런 소리가 날까. 캔 따는 소리가 기분 좋게 울렸다.

"불쌍한 고딩을 위하여!"

우리는 힘차게 팔을 뻗어 캔을 부딪쳤다. "캬!" 한껏 기분도 냈다. 기분이 달짝지근해졌다.

"나 법조인 되기 싫어."

짜릿한 기분도 잠시 갑작스러운 시아 말에 톡톡을 뿜을 뻔했다.

"아빠가 판사라고 왜 나도 그래야 해?"

듣고 보니 맞는 말이었다. 내가 자주 하는 "엄마가 못 이룬 꿈을 왜 내가 이루어야 해?"와 다를 게 없다. 엎치나 메치나.

"난 아빠가 아니야. 아빠처럼 살지 않을래."

엄마처럼 살지 않을래 2탄인가? 예기치 못한 시아 말에 우리는 하나같이 멍해졌다.

"난 내 맘대로 살고 싶어. 완벽하게 내가 원하는 대로."

'내 맘대로'라는 말이 우리를 잠깐 설레게 했지만, 왠지 아직 먼 나라 이야기처럼 들렸다. 시아 입에서 나온 '내 맘대로' 그것도 '완벽하게 내가 원하는 대로'는 우리가 대학에 가야 누릴 수 있는 그야말로 꿈일 뿐이었다. 우리에게는 '내 맘대로'를 누리려면 먼저 대학에 가야 한다는 불문율의 공식이 있었다. 우리는 그 불문율의 공식대로 십 대라는 방정식을 풀어가고 있을 뿐이었다.

"그럼 대학은?"

"글쎄, 난 아직 꿈이 없는데……."

"전교 1등이, 그것도 전국 상위 1퍼센트가 꿈이 없다는 게 믿어지냐?"

애들은 고개를 좌우로 흔들었다. 내가 믿어진다고 말하자 눈길이 일제히 쏠렸다. 나도 아직 꿈을 찾지 못했다고 털어놓았다. 애들은 공부 잘하는 것들이 더하다, 꿈이 없네, 못 찾았네, 아주 그냥 생쇼를 한다면서 과하게 입을 씰룩거렸다.

"자나 깨나 공부, 공부, 공부."

"대학, 대학, 대학."

"으이그, 지겨워."

우리는 다 마신 캔을 일그러뜨렸다. 마실 때보다 더 짜릿했다. 그 짜릿함에 못 이겨 웃음이 났다. 다 같이 또 한바탕 웃어 젖혔다. 석양도 웃음 같은 노을을 길게 늘어뜨리며 지고 있었다. 겨울이라서 그런지 해가 넘어가자마자 어둑어둑해졌다. 그래도 추운 줄 몰랐다. 그저 즐겁기만 했다.

종이컵 촛불을 만들었다. 두 손을 모으고 종이컵 촛불을 들고 있자니 어쩐지 숙연한 기분이 들었다. 촛불이 일렁일 때마다 아이들 얼굴도 일렁였다. 우리 가슴속 수많은 이야기가 일렁이는 듯했다. 종이컵 촛불을 한데 모아놓고 캠프파이어를 했다. 과자를 아삭아삭 씹으면서 꿈과 사랑, 우정, 진로, 숨겨둔 비밀까지 털어놓았다.

유리가 필리핀 팔라우에 가서 아름다운 심해를 안내하는 스쿠버 다이버가 되고 싶다고 말했을 때, 나는 깊고 푸른 심해에서 우아하게 헤엄치는 유리를 상상했다.

이레는 아프리카 오지로 의료봉사를 하러 가겠다고 했다. 말라리아, 에이즈, 아프리카 열병 등 풍토병이 많은 아프리카로 갈 생각을 한다니. 그야말로 백의의 천사였다. 이레가 다시 보였다.

혜린이는 미대에 가서 미술작품을 접하지 못하는 오지마을을 다니며 벽이나 담장에 그림 그리는 봉사를 하고 싶다고 했다. 대학생 때 아니면 못 할 것 같다면서.

"뱅크시는 꾸준히 그라피티를 그리잖아. 얼마 전에도 건물 벽에 재채기하는 할머니를 그린 것 같던데."

시아가 말했다. 도대체 얘는 모르는 게 있기는 할까?

"응, 맞아. 〈에취〉라는 작품이야. 잠깐만."

혜린이는 말하다 말고 그라피티 화가 뱅크시의 〈에취〉를 검색해서 우리에게 보여줬다. 할머니가 몸이 구부러질 정도로 심하게 재채기하는 모습이었는데, 재채기 때문에 지팡이와 가방을 놓치고, 틀니마저 빠져버리는 그림이었다. 〈에취〉가 그려진 길거리는 경사가 가팔랐는데, 할머니 재채기 때문에 길가의 건물들이 기우뚱 기운 것처럼 보였다.

따지고 보면 유리도, 이레도, 혜린이도 자기 자신뿐만 아니라 다른 사람을 위한 일을 하고 싶어 하는 거였다. 툭 하면 공부해서 남 주냐고 묻는 어른들한테 한 방 먹인 것 같아서 통쾌했다. 나도 공부해서 남 주는 일을 찾아봐야겠다.

"넌 운동할 때 행복해 보이더라."

갑자기 시아가 나를 보며 말했다. 나를 이렇게나 잘 파악하다니. 뭐니 너?

"응, 난 운동할 때 완전 행복해. 자유로운 새가 된 기분이야."

"그럼 넌 이담에 새가 돼. 참새? 까치? 뭐가 맘에 들어?"

유리가 놀렸다.

"이왕이면 매가 돼라. 난 매가 제일 멋있더라. 창공을 가르며 유연하게 나는 모습도 멋있고, 잽싸게 먹이를 낚아채는 모습도 멋있어. 네가 운동할 때 보면 진짜 매 같더라. 그래도 절대로 사람이 길들인 그런 매는 되지 마라. 시치미 같은 건 달고 다니지 않아야 너 답지."

시아의 말을 들으면서 나도 모르게 어깨가 으쓱해졌다. 시아를 보는 내 눈길이 이제까지보다 훨씬 부드러워진 걸 나 자신도 느낄 수 있었다.

하늘에 초저녁별이 돋기 시작했다. 우리가 밝힌 다섯 개의 촛불, 작지만 강한 캠프파이어가 별을 비추었다. 아름다운 저녁이었다. 내 생의 모든 저녁이 오늘처럼 아름다웠으면 좋겠다.

방학 동안 학원 수업과 과외가 없는 날이면 학교 도서관에 가서 공부했다. 학교 도서관에는 주로 2학년 기숙사생들이 많았다. 기숙사는 성적순으로 들어가기 때문에 다들 공부 잘하는 선배들이라 분위기가 좋았다. 시아가 있는 것도 좋았다.

석양 무렵 시아가 자기 방으로 오라는 카톡을 보내서 갔다. 시아 방까지 가는 데 정확히 9분 걸렸다. 이렇게 가까운 데서 살면 얼마나 좋을까. 엄마 잔소리 안 들어도 되고, 돈 걱정하는 소리 안 들어도 되고. 게다가 시아 룸메이트는 방학 동안 집에 가 있겠다고 했으니 그야말로 천국이겠구나. 나는 부러움이 뚝뚝 떨어지는 눈길로 기숙사 건물을 올려다봤다. 말라비틀어진 담쟁이넝쿨이 앙상한 몸으로 벽을 타고 기어오르다가 멈춘 채 시들고 있었다.

방문을 열자 짙은 커피 냄새가 확 쏟아졌다. 창가에서 시아가 담배를 피우고 있었다. 커피 냄새가 아닌 담배 냄새라는 걸 아는 순간 기침이 터졌다.

"아, 미안."

시아가 얼른 팔을 휘휘 저어 담배 냄새를 창밖으로 내몰았다. 담배꽁초를 까만 비닐봉지에 꽁꽁 싸면서 말했다.

"이래야 안 걸려."

"냄새는?"

"룸메이트만 조심하면 문제없어."

그도 그럴 것이 시아 방은 맨 위층에서도 독립된 끝방이다. 시아는 특별관리 대상인 동시에 특혜의 대상이기도 했다. 그나저나 시아가 담배 피운다는 걸 처음 알았다. 책상 위에는 맥주캔과 '숏다리'가 있었다. '헐, 맥주까지.'

"이게 뭐야? 술은 또 어떻게 샀어? 안 걸려?"

담배로도 놀라 자빠지게 생겼는데 술이라니. 숨도 안 쉬고 단번에 물었다.

"저번에 우리 갔던 편의점 텄어. 거기 오빠랑 좀 친해져서 너만 말 안 하면 안 걸려. 크크."

시아는 집게손가락을 펴 입에 대며 익살스레 웃었다. 내가 어리벙벙하자 맥주캔을 하나 따서 건넸다.

"불쌍한 고딩을 위하여."

"위하여."

처음 마셔보는 맥주는 씁쓸했다. 저절로 인상이 찌푸려졌다. 내 표정을 보고 시아가 웃겨 죽겠다고 낄낄거렸다.

"야, 너 진짜 맥주 첨이구나?"

내가 고개를 끄덕이자 시아가 엄지손가락으로 자신을 가리키며 가슴을 쑥 내밀었다.

"내가 네 선배네."

시아는 자기가 맥주 선배라며 으스댔다. 내가 홀짝홀짝 들이키자 빈 캔을 책상 위에 탁 놓았다.

"야, 무슨 맥주를 눈에 안약 떨어뜨리듯 마시냐? 쭉 들이키면 얼마나 좋은데. 다 잊을 수 있다, 너."

얘가 또 왜 이러나.

"뭘 다 잊고 싶은데?"

"싹 다. 최고만 아는 엄마도, 판사인 아빠도, 검사인 오빠도 싹 다!"

시아 목소리가 라면처럼 꼬불거리기 시작했다.

"그런 가족 있으면 하고 바라는 애들도 많아. 네가 아주 그냥 행복에 겨워 이러지."

우유녀는 모른다. 남들이 얼마나 부러워하는지.

"딴 애들 앞에서 이런 말 하지 마라. 우유녀가 투정 부린다고 욕한다."

우월한 유전자를 가진 시아가 그러는 게 투정 아니면 뭐란 말인가. 심사 틀어지기 전에 맥주나 마시자. 나는 홀짝거리던 걸 단숨에 들이켰다. 시아는 벌써 세 캔째였다.

"난 앨버트로스야. 우리 가족의 꿈, 커다란 새. 근데 내 배속에는 플라스틱만 잔뜩 쌓여 있어."

시아 눈 가득 눈물이 고이는 게 맥주캔 너머로 보였다.

"우리 가족의 썩지 않는 꿈이지. 난 새우든 오징어든 플랑크톤이든 내 입맛에 맞는 먹이를 먹고 싶은데, 우리 식구들은 플라스틱만 내 배 속에 쑤셔 넣어. 너 우리 식구들이 얼마나 웃기는지 모르지? 1등만 알아. 1등 아니면 사람 취급도 안 해."

1등이라…… 1등, 1위, 1등급, 잔인한 숫자 1, 새 부리처럼 생긴 1, 언제라도 꼭꼭 찍어댈 것만 같은 날카로운 부리, 언제 찍힐지 몰라 불안한 부리, 숫자 1.

"그래서 좋은 학교 다 놔두고 우리 학교 온 거야?"

"응."

한순간 시아 고개가 푹 꺾였다. 나는 그만 놀라서 시아 어깨를 흔들어댔다.

"내가 왜 이러지?"

시아가 고개를 들었다. 눈에서 눈물이 주르륵 흘러내렸다.

"너 취했어. 그만 마시고 한숨 자."

시아 윗몸을 먼저 눕히고 다리를 들어 올려주었다. 대자로 뻗은 시아를 보면서 솔직히 천재의 투정이라는 생각을 잠깐 했다. 그런데 이불을 덮어주면서 보고 말았다. 어쩌면 다른 사람에게는 감추어왔을 시아만의 이야기가 손목에 칼자국으로 쓰여 있었다. 이래서 언제나 손목시계를 차고 다녔나 보다. 만져보니 볼록했다. '아팠겠다.' 나도 모르게 한숨이 길게 새 나왔다.

아무도 몰래 둘이서만 맥주를 마신 뒤로, 아니 시아 손목에 그어진 칼자국을 본 뒤부터 시아에 대한 연민이 좀 더 짙은 색깔로 내 안에 자리 잡게 되었다.

나는 되도록 시아에게 다정하게 대해 주었다. 우리는 늘 학교 도서관에서 함께 공부했다. 그러던 어느 날이었다.

💬 밥은 먹었어?

시아한테서 카톡이 왔다. 밀린 잠을 자야겠다며 일찌감치 기숙사로 가더니 안 자나 보다.

> 집에 일찍 가려고

> 그래 좀 쉬면서 천천히 해

> 천천히 하면 언제 너 따라잡냐?

> 누굴 꼭 따라잡아야 해?

> 헐

> 넌 너대로 멋져!

> 그치, 그건 맞지. 내가 쫌ㅋ

> 언제까지나 멋진 네가 되어줘

> 윽, 오글거려. 뭐야?

> 그냥, 넌 좋은 애야.

> 점점

> 앞으로 밥 잘 챙겨 먹고 공부해

순간, 싸했다. 가슴이 떨렸다. 며칠 전부터 시아가 눈에 띄게 시무룩했던 게 떠올랐다. 그러면서 시아가 내뱉은 완벽한 자유, 완벽한 영혼, 완벽한 기쁨, 완벽한 낙원 같은 단어들이 머릿속에 맴돌았다. 시아는 요즘 별나게 '완벽한'이라는 형용사를 즐겨 썼다.

생각이 거기까지 미치자 덜컥 겁이 났다. 애써 떠올리지 않으려던 시아 손목의 칼자국은 왜 자꾸만 선명하게 떠오르는지 모를 일이었다.

다시 전화를 걸었지만 받지 않았다. '설마, 아닐 거야. 아니야.' 주문을 걸면서 계속 전화해도 발신음만 들릴 뿐이었다. 무슨 일이 일어나는 건 아니겠지. 의식적으로 밀어내고 있는 '무슨 일'이 일어날까 봐 더럭 두려워졌다. 나는 부리나케 달렸다. 다리가 후들거려 몇 번이나 넘어질 뻔했다. 3층에 있는 도서관에서 어떻게 1층까지 내려왔는지도 몰랐다. 현관을 나와 건물 뒤뜰로 쉬지 않고 달려 기숙사 건물로 들어갔다. 자꾸만 다리가 풀려 넘어지려는 걸 간신히 중심을 잡고 달렸다. 사감실을 지나 3층 끝방까지 어떻게 왔는지 기억에 없었다.

조심스레 문을 열며 시아를 불렀다. 목소리가 떨렸다. 방문을 열자 혹시나 했던 안 좋은 예감이 맞아떨어졌다는 걸 알 수 있었다. 시아 손목에서 피가 똑똑 떨어졌다. 방바닥에 붉은 핏방울이 흩어져 있었다. 다리에서 힘이 쭉 빠져나갔다. 하마터면 무릎이 꺾일 뻔했다. 가까스로 방으로 들어섰다. 심장이 두근거리고 손이 덜덜 떨렸다. 처음에는 뭘 어떻게 해야 할지 정신이 없었다. 시아 방에 있던 상비약으로 응급처치하는 내내 정신 나간 사람처럼 서둘렀다.

"참, 119. 119를 불러야지."

막 119를 부르려는데 시아가 내 손을 잡았다. 어찌나 힘껏 잡았는지 움직일 수 없었다. 죽어도 119는 안 타겠다는 시아 팔을 검은색 후드티로 덮고 병원으로 뛰었다. 시아는 내가 이끄는 대로 순순히 따라주었다. 안 가겠다고 고집부릴까 봐 걱정했는데 다행이었다.

병원 응급실에 도착했을 때 검은색 후드티 군데군데 피가 스며 거무죽죽했다. 유리, 나, 이레, 혜린이, 시아까지 우리 다섯 명은 옥상에서 캠프파이어를 하고 난 뒤 후드티를 사 입었다. 영원한 우정을 약속하는 옷이었다. 우리 우정의 후드티가 피에 젖다니 어쩐지 가슴이 시렸다. 얼룩덜룩한 붕대를 보는데 슬픔인지 절망감인지 모를 감정이 복받쳐서 눈시울이 뜨거워졌다. 얼른 고개를 돌렸다.

연락받고 헐레벌떡 달려온 시아 엄마는 화가 머리끝까지 난 것 같았다.

"너 미쳤니?"

다짜고짜 시아를 나무랐다. 시아 팔에 연결된 링거는 안중에도 없는 듯 보였다.

"집에 가서 얘기하자."

그것으로 그만이었다. 수술이 끝났을 때도 시아에게 왜 그랬냐고 묻지 않았다. 시아도 아무 말 없었다. 그저 핏기 없는 얼굴로 내 손을 잡은 채 눈을 감고 있을 뿐이었다.

시아 방에 도착한 시아 엄마는 핏방울이 떨어져 굳어 있는 방바닥을 보고도 닦을 생각은 하지도 않는 것 같았다.

"아줌마가 기숙사에 와서 짐 좀 빼요. 우선 급한 짐만 가져갈 거예요. …… 그래요, 네."

나는 시아가 짐 싸는 걸 도왔다. 시아는 내게 낮은 목소리로 말했다.

"미안해. 그리고 고마워."

간단한 짐만 들고 그들이 떠났다. 나는 혼자서 방을 치웠다. 피 묻은 커터칼을 휴지에 돌돌 싸서 쓰레기통에 버렸다. 수건을 빠는데 붉은 물이 사방으로 튀었다. 얼굴에 닿는 차가운 느낌이 섬뜩했다. 방바닥의 피를 닦았다. 생선 비린내가 났다. 토할 것 같았다.

'바보, 왜 또 그랬어?'

검붉게 굳어가는 핏방울을 박박 문지르는데 눈물이 똑똑 떨어졌다.

한동안 내 의식 속에서 붉은 핏방울이 선연하게 살아나 나를 괴롭혔다. 가까스로 마음을 다잡고 또 다잡아야만 했다. 어떨 때는 꿈에서조차 붉은 핏방울이 똑똑 떨어지는 꿈을 꾸었다. 어디에서 떨어지는지도 모를 핏방울은 어느새 내 팔목에서 떨어지고 있었다. 꿈에서 나는 너무 슬픈 얼굴로 울고 있었다. 소스라치게 놀라 깨는 밤이 반복되었다. 방에 있던 커터칼을 치워버렸다. 우정의 후드티를 옷장 깊숙이 넣었다. 최고로 슬픈, 최악의 방학이었다.

차츰 시아 손목의 칼자국도 붉은 핏방울도 잊어가던 무렵이었다. 그날도 나는 학원 수업을 마치고 집에 가고 있었다. 밤 열 시가 조금 넘은 시각이었다. 학원 앞 사거리를 지나 막 모퉁이를 돌아가고 있을 때, 오토바이 한 대가 굉음을 내며 내 옆을 스쳐 쏜살같이 달렸다.

"으씨, 완전 미쳤어!"

절로 막말이 튀어나왔다. 부지런히 골목길을 걷고 있는데 끼이익 소름 끼치는 소리에 이어, 쾅 무언가 세게 부딪치는 소리가 났다. 섬뜩했다. 몸서리치며 되돌아 뛰었다. 왜 그렇게 뛰었는지 정확하게 설명할 수는 없지만 사고 현장에 대한 거부할 수 없는 호기심이 강렬하게 솟았다.

앞이 찌그러진 SUV 차량과 박살 난 오토바이가 도로에 널브러져 있었다. 오토바이 앞바퀴는 중앙선을 넘어 추락한 비행물체처럼 옆 차도와 인도 사이 가드레일 밑에 처박혔고, 뒷바퀴는 아직도 속도의 쾌감에 취해 허공을 달리고 있는 듯했다. 질주의 본능을 저지당한 짐승처럼 사납던 바퀴가 제풀에 속도를 늦췄다. 비틀어 짠 걸레인 양 찌그러진 바큇살이 물어뜯긴 짐승의 복부에서 흘러나온 내장 같았다.

길이 막힌 차들이 뒤엉켜 요란하게 경적을 울려댔다. 무언가 알 수 없는 두려움이 엄습해 와서 호기심이 싹 달아났다. 나도 모르게 뒷걸음질 치다가 집을 향해 빠르게 걸었다. 내 뒤로 사이렌 소리, 차들의 경적, 경찰차 소리, 구급차 소리가 마구 뒤엉켜 요란하게 따라붙었다. 나는 쫓기는 사람처럼 다급히 집으로 뛰어들었다.

다음 날 간밤에 일어난 사고 소식을 들을 수 있었다. 속도를 위반하고 달리던 오토바이와 신호를 무시하고 달리던 자동차가 충돌했다. 자동차 앞부분이 찌그러지고, 오토바이가 박살 난 대형사고였다. 운전자는 감쪽같이 사라졌다. 경찰이 찾고 있지만 오리무중이었다.

이게 내가 들은 간밤 SUV 차량과 오토바이 충돌사고의 전말이었다.

"분명히 귀신일 거야."

유리 상상력은 유령에 이어 귀신까지 아주 다양했다.

사고 난 지 하루가 지나고 이틀이 지나도록 얼토당토않은 추측만 무성할 뿐 오토바이 운전자는 발견되지 않았다. 경찰이 골목골목을 샅샅이 뒤지고 CCTV를 아무리 뒤져도 행적을 알 수 없었다. 삼 일째 되던 날, 귀신처럼 사라졌던 오토바이 운전자가 도로 인근 3층 건물 옥상에서 발견되었다. 차와 충돌한 충격이 얼마나 컸던지 오토바이 운전자가 붕 떠서 건물 옥상까지 날아간 것 같았다. 사람들은 이 소식에 몸서리쳤다.

그 오토바이 운전자가 누구인지를 듣자마자, 내 몸은 지진에 무너지는 집처럼 처참하게 허물어졌다. 온몸에서 힘이 빠져나가 서 있을 수 없었다. 시아였다. 시아가 가버렸다는 사실이 못 견디게 괴로웠다. 그렇게 가버리게 두었다는 게, 막을 수 없었다는 게 죽고 싶을 만큼 힘들었다. 시아가 그렇게 힘든지도 모르고 질투하고 미워하고 소홀하게 대했던 일들이 후회스럽고 미안해서 견딜 수가 없었다.

밥을 먹는 둥 마는 둥 하자 엄마가 퇴근길에 내가 좋아하는 순댓국을 사 왔다. 평소 같으면 밥 한 그릇 뚝딱이었을 텐데 내키지 않았다. 돼지고기, 순대, 당면, 대파 이런저런 건더기들이 뻘건 국물에 뒤범벅된 모습이 보기 흉했다. 기숙사 방에 떨어진 핏방울과 도로에 나뒹굴던 오토바이가 떠올라 입에 댈 수조차 없었다. 제대로 먹을 수도 제대로 잘 수도 없는 '지금, 여기'가 아닌 다른 곳 어디로든 떠나고만 싶었다.

베이스캠프, 따순 밥은 묵고 가라이

전철을 몇 번 갈아타고 고속버스에 몸을 실었다. 도심을 벗어난 버스가 속도를 냈다. 겨울이라 그런지 빠르게 스치는 바깥 풍경이 황량했다. 이른 아침 햇살이 시나브로 퍼지고 있었다. 녹다 만 눈이 햇살에 반짝거렸다. 엄마의 고향이기도 한, 할머니가 사는 동네는 할아버지 돌아가셨을 때와 마찬가지로 고즈넉해 보였다. 버스는 마을 입구에 나를 내려주고 산모퉁이를 돌아 사라졌다. 오는 길에 전화하면서도 반겨줄 거라고는 기대하지 않았는데, 할머니가 버스정류장에 나와 있었다.

"흐메, 거시기허기 싫어서 도망와부렀냐? 지럴 똥싸네."

할머니 말투는 여전히 싸우자고 덤비는 사람 같았다. 내가 공부하기 싫어 도망칠 애라고는 생각하지 않을 거면서 말은 그렇게 했다.

"거시기는 혔냐?"

어렸을 때는 할머니 말을 잘 알아들을 수 없었다. 종종 엄마 입에서 튀어나오는 사투리 덕에 지금은 웬만큼 알아들었다. 이번 거시기는 밥은 먹었냐는 뜻이었다. 전라도 사투리 '거시기'란 말은 여러 의미로 쓰인다. 의미가 계속 달라지는데도 다 알아들을 수 있는 게 신기할 정도.

"할매도 거시기혀. 싸게싸게 밥 묵으러 가자. 으쨌거나 욕봤다이."

할머니가 앞장섰다. 새벽에 나왔는데 해가 벌써 머리 꼭대기에 떠 있었다. 나는 얼른 할머니 옆으로 뛰어가 나란히 걸었다.

"아이고메, 어매가 죽도 안 끓여주냐잉? 우찌 이리 말라부렀당가?"

할머니가 돌연 걸음을 멈추며 물었다. 내 대답은 듣지도 않고 혼잣말을 이어갔다.

"영판 즈그 아부지네."

할머니와 함께 집에 들어서니 커다란 개가 꼬리를 흔들어대며 낑낑거렸다.

"대아지 이눔아야, 밥이나 처묵어라."

'대아지'는 할머니가 키우는 개 이름이었다. 할머니가 개밥그릇을 대아지 앞에 놓아주었다. 정말 오랜만에 할머니와 함께 점심을 먹었다. 벽에 걸린 할아버지 사진이 인자한 눈빛으로 내려다보는 것만 같았다.

"긍께 이 할매 솜씨가 으뗘?"

할머니가 손수 끓인 낙지연포탕은 엄마가 가끔 끓여주던 것과 같은 맛이 났다.

"최고예요!"

나는 쫄깃한 낙지를 씹으며 엄지척을 해 보였다. 할머니가 흐뭇하게 웃었다.

"지리산 구신도 먹고 자퍼서 내려올 맛이구먼."

할머니가 연포탕에서 낙지를 집어 내 숟가락에 얹어주었다.

"한창 클 때 살쪄야 허는디, 니는 으째 요리 삐쩍 말라뿌렀냐? 거시기허네잉."

"제가 얼마나 살쪘는데요."

"아이고, 그려야? 자가 웃어 죽겄다 안 허냐?"

거실 창으로 대아지가 들여다보고 있었다. 풋, 절로 웃음이 비어져 나왔다.

"쌀 알갱이를 시냐? 숟가락으로 뽈깡 퍼묵으라이?"

젓가락으로 깨작거리던 나는 아차 싶어 할머니 말대로 숟가락으로 퍼먹었다. 게장무침이 달큰하고 짭짤하니 맛있었다.

"그란디 니 어매 아배는 을매나 바쁘간디 꼬라지 보기가 힘드냐?"

할 말이 없었다. 엄마가 마트에 가지 않는 날은 한 달에 두 번밖에 없다. 쉬는 날 엄마는 더 바빴다. 밀린 집안일은 언제나 넘쳤다. 아빠는 쉬는 날이 딱히 정해져 있지 않았다. 잠깐 집에 들어왔다가도 손님이 부르면 다시 달려 나가기 일쑤였다. 동에 번쩍 서에 번쩍, 홍길동이 따로 없었다.

"허기사 사는 게 좀 팍팍허겄냐? 징허다, 징혀."

할머니가 손등으로 입을 씻었다.

작은 방에 짐을 풀었다. 짐이라야 옷 몇 벌. 책 한 권, 노트 한 권이 다였다. 여행 가방이 책가방보다 가벼웠다. 거실 소파에 앉아 마당을 내다보았다. 마당은 담장도 없이 그대로 마당만 한 텃밭으로 이어졌다. 삼촌 의사 만들고 병원 차려주느라 농사짓던 땅다 팔고 남은 텃밭이었다.

텃밭에 파릇한 농작물이 눈 사이사이로 삐죽이 자라있었다. 시금치, 파는 알겠는데 다른 한 줄은 뭔지 모르겠다. 아파트 화단이나 학교 화단에서 흔하게 보던 야생초같이 생겼다. 풀을 밭에 심어놓지는 않았을 것이다. 여쮀봤다가 된통 꾸지람만 들었다.

"흐메, 공부 잘허는 가스나가 마늘도 몰러야? 핵교선 뭘 갤친당가?"

얼굴이 달아올라 딴청을 피웠다.

"참 씩씩하게 생겼네요."

사방으로 쭉쭉 뻗은 마늘 이파리가 기운차 보였다. 만져보니 차가웠다. 언 땅을 비집고 나와 추위도 아랑곳하지 않고 자라고 있는 작물들, 애초에 추위에 강한 유전자가 내장되어 있는지도 모른다.

"워매, 아그야. 쓰잘디 읎는 소리 허들 말고 요리 쪼깐 와보랑께."

할머니 옆으로 다가갔다.

"요놈들을 니캉 내캉 묵을 맹큼만 캐봐라잉."

할머니가 칼을 주며 시금치를 가리켰다. 엄마랑 다듬어본 적은 있어도 직접 캐본 적은 없었다. 시금치 밑둥을 싹둑 잘랐다.

"아따 으쩌까이. 뿌랑구꺼정 캐야 안 쓰냐."

할머니는 뿌리째 캤다. 시금치 분홍 뿌리가 예뻤다. 시금치가 입이 있다면 분홍 뿌리를 입술처럼 달싹거려 말할 것만 같았다. 나는 언 땅에 칼을 박아 시금치 뿌리 부분에서 잘랐다. 아직 땅이 풀리지 않아서 쉽지 않았다.

"방정 떨지 말고 사목사목 허그라이."

천천히 조심스럽게 하라는 주문이었다.

"흐메, 저 느자구 없는 놈 보소. 무등산 호랭이는 머허고 자빠졌당가? 저놈 안 씹어가고."

대아지가 텃밭에서 어슬렁거리고 있었다.

"야 이 오사럴 놈아, 밭에서 싸댕기면 어치냐?"

대아지는 할머니를 무서워하기는커녕 같이 있어서 좋은 눈치였다.

"염병허니 말은 지지리도 안 들어야. 그라도 저눔 땀시 심심허진 안탕께."

할머니도 대아지랑 같이 있는 게 좋은 모양이었다. 소쿠리 가득 시금치를 캐고 파를 뜯었다. 줄기가 온통 꽁꽁 얼어 얼음막대기처럼 차고 단단했다. 생명이 있는 식물이라기보다는 나무 꼬챙이에 가까웠다.

"다 얼었나 봐요."

"날 따땃해지면 말여, 뭐시냐 거시기, 이런 깡깡한 얼음댕이서 싹이 안 나냐?"

할머니가 대견한 눈길로 파를 쓰다듬었다.

"애네들은 추운데도 잘 자라네요."

"글제. 어쩌겄어? 나왔응께 살어야지. 춥다고 뻐드러지믄 우세스럽지 않것냐?"

춥다고 죽으면 창피하다는 말이었다. 저녁때 할머니와 시금치나물을 무쳐 먹었다. 내가 다듬어 씻었고, 할머니가 삶아 무쳤다. 조림간장에 깨소금, 참기름 한 방울 넣고 조물조물했을 뿐인데도 맛있었다.

"오매 존 거. 참지름 포도시 한 방울 떨어트렸구만 꼬순내가 솔솔 나야."

할머니는 작은 일 하나하나에 즐거워했다. 별것도 아닌 일에 저토록 즐거워하는 할머니가 신기할 정도였다.

"허벌나게 달어야."

할머니 말대로 씹을 때마다 단맛이 났다. 채소에 물을 안 주거나 하면 고통을 견디느라 쓴맛을 낸다는 이야기를 들은 적이 있다. 그러면 겨울 작물들은 추위를 고통으로 여기지 않는다는 걸까, 고통이 아니면 뭘까?

저녁 식사 후에 할머니는 텔레비전을 켜놓은 채 느릿한 손놀림으로 화투를 쳤다.

"오광 띠는 거여. 치매에도 좋다드만, 뭘 잊기도 딱이랑께."

"뭘 잊고 싶으세요?"

화투를 이리저리 옮기던 할머니 손길이 잠시 멈추었다.

"잊고 자픈 거야 허벌나게 많지야. 쓰잘디 읎는 일은 잊고 맴 편히 가부러야 안 허냐."

할머니 시선이 할아버지 사진에 머물렀다.

"할아버지 보고 싶으시죠?"

"인자는 암시롱안타."

할머니 시선이 다시 화투 방석으로 옮겨졌다.

"외로운데 왜 혼자 사세요?"

"도시선 깝깝혀서 몬 살어야. 깝깝헌 기보단 외로운 기 영판 조타."

할아버지가 갑작스러운 사고로 돌아가신 뒤 할머니는 혼자 사는 걸 선택했다. 무엇을 선택하든 저마다 견뎌야만 하는 몫이 있는 것 같았다.

"흐메, 환장허게 밝네잉."

할머니가 화투 방석을 접으며 밖을 내다봤다. 달도 밝고, 별도 밝은 밤이었다. 우리는 하늘에 펼쳐지는 별들의 향연을 구경했다. 도시에서는 볼 수 없는 황홀한 풍경이었다. 반짝반짝 빛나는 별들이 금방이라도 쏟아져 내릴 것만 같았다.

"느그 할배가 많기두 허다. 삼라만물이 다 니 할배여."

목소리만으로 사랑의 깊이를 가늠할 수 있다면, 할머니 목소리는 할아버지를 더할 나위 없이 사랑했을 거라는 확신이 들게 했다. 그토록 사랑했는데 먼저 떠나보내는 마음이 오죽 아팠을까. 그 아픔을 할머니는 할머니의 방식으로 견디고 있는 것 같았다.

할머니가 할아버지를 사랑했던 것의 십분의 일도, 아니 백분의 일도 나는 시아를 사랑하지는 않았을지 모른다. 그러면서도 세상 다 잃은 것처럼 내 삶을 내팽개치다시피 했다. 어쩌면 시아를 잃은 슬픔보다 시아를 지키지 못했다는 죄책감에서 벗어나고 싶었던 건지도 몰랐다.

예고치 않은 사고로부터 누가 누구를 지킬 수는 없는 노릇이었다. 설령 그것이 예고된 사고였다 해도 내가 막을 수는 없었을 것이다. 어디까지나 본인의 선택일 테니까. 그렇지만 이번 사고는 시아의 선택이 아닌 시간의 선택이었다. 적어도 나는 그렇게 믿고 싶었다. 할아버지의 시간이 그랬던 것처럼.

쿵쿵거리는 소리에 잠에서 깼다. 할머니가 거실에서 맨손체조를 하고 있었다. 고소한 음식 냄새가 솔솔 풍겨 입안에 군침이 돌았다. 나는 얼른 세수하고 할머니와 나란히 서서 운동했다.

"쪼깐 할 때도 밸시럽게 잘하더만 가스나가 다 돼부렀는디도 잘혀야. 밸나게 이쁘네잉."

할머니는 내가 일찌감치 일어나 같이 운동하는 게 신통방통하다며 칭찬했다.

"거시기허쟈? 싸게 아적 묵자. 아적을 안 묵어서 긍가 워째 이리 쎄가 빠질 꺼 맹키로 심드는지 몰르겠네잉."

할머니가 끓인 조기찌개는 칼칼하니 맛났다. 눈 깜짝할 사이에 한 그릇을 뚝딱 비웠다. 엄마도 할머니처럼 음식솜씨가 좋은데, 요즘은 피곤하다는 이유로 어쩌다 솜씨를 발휘할 뿐 대충해 주거나 배달음식으로 때우기 일쑤였다.

아침을 먹고 나자 할머니는 마실 다녀오겠다며 집을 나섰다. 나는 거실 창가에 서서 시골 풍경을 구경했다. 텃밭 너머로 좁은 도로가 있고, 그 너머로 지붕 낮은 집들이 드문드문 있었다. 기와를 얹은 집들이 고풍스러웠다. 기와 지붕에서 부드럽게 내려오던 추녀는 끝에 가까워지면서 버선코처럼 날렵하게 하늘로 뻗쳤다. 그 모습이 승무의 춤사위처럼 우아하고 단정했다.

인적 뜸한 들녘은 평화로워 보였다. 시간이 아주 느리게 흐르는 듯했다. 이렇게 여유로운 시골을 두고 사람들은 도시를 향해 몰려들었다. 도시에서는 시간이 눈코 뜰 새 없이 흘러갔다. 엄마 아빠 나 모두 아침에 일어나면 마트로 도로로 학교로 가기 바빴다. 저녁이면 엄마는 장 봐서 밥을 해야 했고, 아빠는 밤손님을 태우고 달려야 했고, 나는 학원이든 인강이든 과외든 쉴 없이 공부해야 했다. 새벽에 기절했다가 새벽에 깨어나서 다시 똑같은 일상을 시작해야 했다. 정신없이 빠른 도시의 시간에 쫓기는 생활의 연속이었다. 미하엘 엔데의 소설 《모모》에 나오는 회색 신사들이 실제로 나타나 우리 시간을 도둑질하는 것만 같았다.

이곳에서 그 도둑맞은 시간을 돌려받는 걸까? 도시에서 맛볼 수 없던 풍요로운 시간을 모처럼 맘껏 누렸다. 풍요로운 시간이 머문 듯 천천히 흘러가는 시골에서 할머니와 대야지와 함께 사흘을 보냈다. 도시에서의 사흘과 비교할 수 없을 정도로 긴 시간이었다.

텃밭에서 반찬거리를 뜯을 때도, 마당을 어슬렁거릴 때도, 들길을 걸을 때도, 밥을 먹을 때도 시간은 나를 재촉하지 않았다. 아무도 서두르라고 하지 않아서 그런지 몸과 마음도 천천히 움직였고, 그동안 쌓인 피로도 천천히 녹아내렸다. 무엇보다 다 죽어가던 내 마음이 다시금 살아나는 듯했다. 이곳이 지친 나를 쉬게 하고, 다시 앞으로 갈 힘을 주는 베이스캠프가 되어주었다.

"웜메, 홀애비 붕알 얼어번지게 춥네잉."

할머니가 무 구덩이에서 배추를 꺼내오면서 손을 호호 불었다.

"지난 장날 부께미 지진내가 나는디 무쟈게 먹고 잡드랑께. 쪼께 기둘려라잉. 할매가 부께미 지져줄껴."

아무래도 내가 있으니 할머니가 더 힘드시겠구나. 나도 내 삶의 몫을 기꺼이 감당해야겠다는 생각이 들던 참이었다. 이제 슬슬 베이스캠프를 떠나 다시 내 길을 가야 할 때였다.

"할머니, 저 부침개 먹고 올라갈게요."

"지럴, 니 어매가 푹 쉬다 오라는디."

"할 게 많아요, 할머니."

"그랴, 거시기혀야재. 그라도 따순 밥은 묵고 가라이."

할머니는 부지런히 밥을 새로 짓고, 부침개를 부치고, 냉동실에서 다듬어놓은 전복을 꺼내 전골을 끓이는 등 부산스레 움직였다. 할머니와 이른 점심을 먹자니 먹먹했다. 이제 올라가면 수능이 끝나야 내려올 수 있을 것이다.

"내 갱애지 와서 허벌나게 좋드만. 워매 어쩔까잉."

버스정류장까지 가는 내내 몇 번이나 할머니가 코를 풀었다. 슬그머니 할머니 손을 잡았다. 친구들이나 엄마 아빠 손을 잡았을 때와 달리 전혀 무게감이 느껴지지 않았다. 깃털 하나, 아니 공기 한 줌을 움켜쥔 것 같은 가벼움이 낯설었다.

"할머니, 손이 너무 가벼워요."

"인자 갈 사램이라 그려."

"왜 그런 말씀을 하세요?"

"왔는디 안 가고 배기간."

저만치 버스가 보이자 할머니가 주머니를 뒤지며 말했다.

"요리 뽀짝 좀 와봐야."

할머니 가까이 갔더니 내 손에 돈을 쥐여주었다.

"여그 걱정은 하덜 말고 거시기혀야 헌다잉."

"할머니, 저 돈 있어요."

사양했지만 할머니는 내 손을 꼭 움켜쥐었다.

버스가 멀어지도록 할머니는 큰길 가에 서 있었다. 내가 내려올 때도 할머니는 똑같은 모습으로 오래도록 나를 기다렸을 것 같았다.

나는 할머니를 향해, 내 베이스캠프가 되어준 시골의 느려터진 시간을 향해 오래도록 손을 흔들었다.

내 꿈은 체육선생님

2학년. 나와 유리는 같은 반이 되었고, 이레와 혜린이는 다른 반이 되었다. 이레, 혜린이와 떨어져 아쉬웠다.

"우린 역시 운명의 찐친이야."

유리는 나랑 같은 반이 된 게 좋아 죽겠다며 너스레를 떨어댔다. 우리는 그렇게 시아를 잊었다. 아니 잊고 싶어 했다. 기억하기엔 너무 아팠다. 우리 중 누구도 우정의 후드티를 입지 않았다. 문득문득 묵직한 통증이 가슴을 훑고 지나는 건 어쩔 수 없었다.

나는 우리 반 1등으로 올라섰고, 여전히 열심히 공부했다. 아무리 공부를 잘해도 스트레스가 쌓였다. 운동으로 날려버리기도 하고, 가끔 친구들과 노래방에 가서 날려버리기도 했지만 얼마 안 가 또 쌓였다. 스트레스가 벽돌 깨기 게임의 벽돌이라면 단단한 공을 쏘아 올려 팍팍 깨버릴 텐데.

중간고사에서 1등을 하리라고 확신했다. 그러나 행운의 여신은 내 편이 아니었다. 행운의 여신은 분홍 자전거를 탈 때 온다고 했다. 나도 분홍 자전거를 타야 하나? 분홍 자전거를 타고 등교하고, 분홍 자전거를 타고 시험을 봐야 하나? 정말 분홍 자전거를 타지 않아서일까? 2등이었다. 물론 등급제라서 등수는 그다지 중요하지 않지만, 작년 한 해 동안의 갈증을 해갈하고 싶었다. 우리 반에서 1등을 차지한 애는 놀랍게도 서장미였다.

하굣길에 비가 부슬부슬 내렸다. 친구들과 나오는데 체육부원들이 훈련하는 모습이 보였다. 비를 맞아가며 운동장을 달리고 있는 모습이 어느 별나라에서나 벌어지고 있는 일인 양 신비로웠다. 운동장을 둘러싼 스탠드로 내려섰다. 유리가 껌딱지처럼 따라붙을 줄 알았더니 남친 만난다며 가버렸다.

"너, 너무 센치한 척하지 마라. 네 남친 나타날라. 이렇게 비 오는 날 유령이라니, 아유 무셔."

놀리고는 달아났다. 유령이라도 남친이라면 비 아니라 태풍이 불어도 상관없다만.

스탠드에 서서 체육부원들이 훈련하는 모습을 지켜봤다. 부슬

부슬 내리는 비를 맞으며 흐트러짐 없이 달리고 있는 모습에서 열정이 보였다. "강한!" 코치의 선창에 체육부원들이 "체력!"이라고 구호를 외쳤다. 힘겨워하는 모습이 조금이라도 보일라치면 코치는 더 크게 선창했고, 체육부원들도 더 힘껏 구호를 내질렀다. 구호를 들을 때마다 내 가슴이 뛰었다.

부슬부슬 내리던 빗줄기가 조금씩 굵어졌다. 그 비를 고스란히 맞고 달리는 체육부원들이 멋져 보였다. 내가 지금까지 본 광경 중 가장 멋지고 아름다웠다. 체육부원들의 모습은 앞에 어떤 장벽이 나타나더라도 뚫고 나갈 것처럼 거침없어 보였다.

빗줄기가 굵어지자 체육부원들이 체육관으로 달려갔다. 불현듯 나도 같이 달려가고 싶은 충동이 일었다. 나는 한동안 운동장에 쏟아지는 빗줄기를 바라봤다. 체육부원들의 당당한 외침이 내 안에서 소용돌이쳤다. '체육선생님이 되면 어떨까?' 문득 이런 생각이 들었다. 지금껏 찾아 헤맨 꿈이 이것인 것 같은 강한 끌림은 뭐지? 이상한 일이었다. 마치 내가 오래전부터 간직해 온 꿈인 것처럼 소중한 기분이 들었다. 뭐라 형언할 수 없는 기쁨이 내 온몸을 안아주는 느낌이었다. 잃어버렸던 소중한 물건을 우연히 찾은 기분이었다. 운명의 상대를 만나면 이럴까? 세차게 가슴이 뛰었다. 나는 빗속을 달려서 학교를 빠져나왔다. 우산에 떨어지는 빗소리가 경쾌했다.

엄마가 잠자리에 들기 전에 슬그머니 운을 뗐다. 아빠 있는 데서 말하면 두말없이 내 편을 들어줄 텐데, 아빠는 장거리를 뛰는 중이었다. 새벽녘에나 들어올 것이다.

"나 선생님 되는 거 어때?"

"의사는?"

엄마의 변함없는 의사 타령에 진절머리가 났다.

"또 그런다. 난 죽었다 깨나도 의대 못 간다니까."

머리끝까지 화가 치밀었다.

"세상에 안 되는 게 어디 있니? 하면 되지!"

어이 상실!

"그래서 엄만 해서 됐어?"

엄마의 아킬레스건을 건드렸다. 조금 미안하긴 하지만 어쩐지 통쾌했다.

"난 삼촌 딸이 아니라 엄마 딸이야. 잘난 유전자가 아니라고."

그동안 꾹 참았던 말을 퍼부었다. 내 서슬 퍼런 말에 엄마 얼굴이 일그러졌다. 나는 독오른 말로 엄마를 더 찌르고 싶었다.

"그러니까 조금만 더 하면……."

엄마는 아직도 꿈에서 깨어나지 못했다. 내 미래를 내 의사와는 상관없이 엄마 마음대로 설정해 놓는 것, 그래 놓고 만족하는 것, 그건 엄마가 현실을 부정한 채 꾸는 헛된 꿈이었다. 한동안은 엄마의 헛된 꿈일망정 이루어보겠다고 최선을 다하던 때가 있었다. 엄마가 기뻐해서 나도 기뻤다. 엄마가 뿌듯해서 나도 뿌듯했다. 그러나 세상은 그렇게 호락호락하지 않다는 걸 고딩이 된 지금은 너무 잘 알고 있다.

"언제까지 조금만 더 해야 하는데? 지금도 죽을 만큼 하고 있어. 여기서 더 하라고? 아니, 못 해. 안 해!"

더 이상 엄마한테 질질 끌려다니는 인생을 살고 싶지 않았다.

"나 체육선생님 될 거야. 그러니까 주제 파악 안 되는, 의사라는 말은 꺼내지 마. 이제 죽어도 듣기 싫으니까."

의사라는 단어만 들어도 이가 갈리더니 이젠 말도 꺼내기 싫었다.

"뭐? 체육선생님?"

엄마 눈이 갑자기 안경원숭이만큼 커졌고, 입은 펠리컨처럼 쩍 벌어졌다. 먹이를 통째로 삼킨다는 펠리컨, 부리 주머니가 끝도 없이 늘어난다는 그 펠리컨 말이다. 나를 통째로 삼킬 듯한 저 입. 정신 똑바로 차리자.

"그래, 체육선생님."

누가 뭐래도 되고 말겠다는 각오 서린 내 목소리.

"국어선생님도 있고 영어선생님도 있는데, 왜 하필 체육선생님이니?"

시큰둥한 엄마 반응.

"체육선생님이 뭐가 어때서?"

"화장한 얼굴로 땀 흘리며 뛰고, 머리 헝클어지고 그러는 게 뭐가 좋아, 여자가."

엄마는 참 일관성 있게 전근대적인 사고에 물들어 있었다. 나더러 여자가 무슨 태권도 사범이냐고 한 게 벌써 7년도 넘었는데, 아직도 그 사고방식을 고수하고 있다니. 세상 돌아가는 거 보지도 못하나? 여보세요, 어느 시대 사람이세요?

"여자, 여자, 그 여자 딱지 언제 뗄래? 전문직 가지라며? 여자가 집에서 살림하면 그만이지 무슨 전문직이야?"

이제 나는 엄마 말 잘 듣는 유딩도 초딩도 아니었다. 어렸을 때처럼 엄마 말에 휘둘리고 싶지 않았다. 내 꿈은 내가 정하는 게 맞다. 내 미래가 엄마의 미래는 아니니까.

엄마는 내 공격에 뜨끔했는지 알았다며 한발 물러났다. 떡 본 김에 제사 지낸다고, 나는 고집스레 2학기에 체육부에 들어갈 거라고 선언했다.

"그럼 공부는?"

"체육부 들어가도 공부해. 체육교육과 가려면 체육도 잘해야 하지만 공부도 잘해야 한다고."

새겨들으라는 듯이 한 마디 한 마디 또박또박 말했다. 엄마는

할 말을 잃었다. 엄마, 의문의 1패. 정신만 똑바로 차리면 십수 년
간 져왔던 딸이 엄마를 이기는 거 한순간이었다.

내가 체육부에 들어가겠다고 선언하자마자 유리가 같이 들어
가겠다고 방방 떴다.

"엥? 네가 왜 체육부에 들어가는데?"

"그러는 넌 공부도 잘하면서 왜 체육부에 들어가는데?"

"공부 잘하니까 들어가는 거야. 체육선생님 되려고."

"진짜? 쩐다!"

"쩔어? 왜?"

"체육쌤 멋지잖아. 개쩔어!"

유리가 치켜세우자 어깨가 으쓱해졌다. 나도 쩐다, 흐흐.

"근데……."

유리 눈이 뱁새눈처럼 가늘게 찢어졌다. 유리가 저럴 때는 뭔
가 수상한 말을 꺼내려는 게 분명했다. 나는 입을 앙다문 채 입술
만 움직여 을러댔다. 하.지.마.라.

"너 체육쌤 되기에는 키가 너무 작은 거 아닐까?"

내가 을러대는 말이 끝나기도 전에 벌써 유리는 제 할 말을 다
해버렸다.

"우리 학교 체육쌤들 키 다 크잖아."

유리가 빤히 나를 바라보며 대답을 기다렸다.

"키 작다고 체육샘 못 하냐? 중학교 때 키 작은 체육샘이 젤 잘 가르쳤거든."

나는 씩씩거리며 받아쳤다. 내 아킬레스건을 건드리는 자 용서치 않으리. 빵야, 빵야.

"그건 그래. 인정."

유리가 한발 물러섰다.

"나는 그렇다 치고. 너는 도대체 왜 체육부에 들어가려는 건데?"

유리가 실눈을 뜨고 입을 찍 늘여 익살스레 웃었다. 꼭 개코원숭이 같았다.

"그 징그러운 표정은 뭐냐?"

"2학년 체육부 주장이 완전 잘생겼대. 히히."

유리가 눈을 크게 깜박거렸다.

"야, 너 남친 있잖아."

차도현과 한창 연애 중이면서 이런 말을 스스럼없이 하다니. 나로서는 도저히 이해할 수 없는 인간이었다.

"내가 남친 있는 거랑 걔가 잘생긴 거랑 무슨 상관인데?"

물론 상관은 없다. 이 앙큼한 개코원숭이 같으니라고.

"상관은 없지. 그렇다고 체육부에 들어간다는 건 누가 들어도 좀 그래."

"노, 노, 노! 단지 그 이유 때문만은 아니야. 내가 누구냐? 미래의 스쿠버 다이버다 이거야. 근데 스쿠버 다이버랑 관련된 과가 뭐지?"

내가 한참을 망설이고 있는데도 내 대답만 기다리는 걸로 봐서 유리는 스쿠버 다이버랑 관련된 과를 알지 못하는 게 분명했다.

"그야 레저스포츠과 아닐까?"

"내 말이 그거야! 레저스포츠과 가려면 운동 잘해야 하는 거 아냐?"

"잘해야지. 체육실기도 있을걸."

"거봐. 거봐. 체육 실기 있는데 당연히 체육부 들어가야지."

맞는 말이라 나는 크게 고개를 끄덕여주었다.

"또 너 때문에라도 내가 체육부에 들어가야 한다, 이 말씀. 왜냐고? 우린 떼려야 뗄 수 없는 절친, 찐친, 짱친이니까. 생각해봐. 너 나보다 더 친한 친구 있어? 내가 없어봐라⋯⋯."

유리의 사설은 끝도 없이 이어질 게 뻔했다. 둘째가라면 서러울 수다쟁이니까.

"스톱! 그만 말하고 네 자리로 가. 빨리 안 가?"

나는 책을 펼치며 으름장을 놓았다.

"알았어, 알았다고. 가면 되잖아. 아유 누가 공붓벌레 아니랄까 봐. 전교 1등도 아니면서 잘난 척은, 쳇."

유리는 팽 돌아서 쿵쿵 발소리를 내며 가버렸다.

여름방학 동안 나는 주요 과목 중심으로 선행학습을 했다. 체육부에 들어가기 전에 어떻게든 많이 해두어야 좋을 것 같았다. 1, 2등급이 아니면 체육교육과에 들어가기 어렵다. 요양원에 가서 봉사활동도 했다. 봉사점수를 채우기 위해서 하는 봉사가 진정한 봉사는 아닐 테지만 어쩔 수 없었다. 순수한 마음에서 봉사하기엔 시간이 너무 부족했다. 봉사점수가 아니라면 솔직히 나는 차라리 잠을 잤을 것이다. 잠이 턱없이 모자랐다.

2학기에 있을 백일장에 대비해 몇 권의 책도 탐독했다. 미리 독후감을 써보기도 하고, 1학년 2학기 때 있었던 백일장 글감에 맞게 글을 써보기도 했다. 운동도 게을리하지 않았다. 거울 앞에서 틈틈이 기마자세를 취해 전신운동을 하고, 윗몸일으키기도 거르지 않았다. 어렸을 때 배운 태권도 기본동작인 서기, 막기, 지르기, 치기, 찌르기, 차기를 품새 선에 따라 연결하여 정확하게 실시했다. 이렇게 나는 차근차근 체육부에 들어가기 위한 만반의 준비를 했다. 이제부터 내 꿈은 체육선생님이다!

2학기가 되자마자 체육부에 들어갔다. 별다른 테스트 없이 상담만으로 들어갈 수 있었다. '강인한 체력, 강인한 정신력'이라고 적힌 표어가 체육관 한쪽 벽면에 붙어 있었다. 이제까지 별생각 없이 스쳤던 표어가 큐피드의 화살처럼 맘에 쏙 들어와 박혔다.

우리 학년 지도자는 체육샘 한 명과 코치 한 명이었다. 코치는 우리 학교를 졸업한 대학생 선배였다. 큰 틀에서의 지도는 체육샘이 하고, 자세 교정 등 세세한 지도는 코치가 맡았다. 훈련 진행부터 체육부원들 관계까지 하나하나 다 신경 쓰는 건 주장의 일이었다. 유리는 주장이 잘생겼다고 몇 번이고 내게 소곤댔다.

"잘생긴 걸 잘생겼다고 하지. 그럼 못생겼다고 하냐?"

그럴 때마다 내가 정신 차리라고 꾸짖으면 유리는 되레 내게 눈을 흘겼다.

우리 학년은 여학생이 유리와 나까지 네 명, 남학생이 열다섯 명이었다.

"야, 쟤 남재호 아냐?"

체육부에 들어간 첫날, 유리가 내 옆구리를 찔렀다.

"야, 남재호, 너도 왔냐?"

유리가 알은체하자 재호가 웃으며 인사를 건넸다.

"나도 체대 가려고."

그랬다. 우린 이 학교에서 남모르게 각자의 꿈을 꾸고 있었던 거다. 우리를 꿈꾸게 하는 학교, 멋지다! 꿈꾸는 학교, 우리 진로를 부탁해! 하마터면 크게 소리칠 뻔했다. 벅찬 감동으로 가슴이 부풀어 올랐다.

"하긴 너 운동 잘하지. 잘됐다."

유리가 재호 등을 가볍게 쳤다. 언제 저렇게 허물없어진 걸까? 부럽다.

재호가 찬우를 소개했는데 생글생글 웃는 인상이 보기 좋았다.

"너 운동 좀 하게 생겼다. 반갑다. 난 이선영."

선영이라는 애가 다른 사람은 거들떠보지도 않고 재호에게 관심을 보였다. 유리 못지않은 돌직구형인 것 같았다. 키 크고 덩치 좋은 게 눈에 확 띄었다.

"나는 남재호. 얘는 박찬우."

"반갑다. 얘는 내 친구 구연아."

연아는 웃는 모습이 귀여웠다.

"난 여기서 제일 예쁜 강유리고, 얜 공부 젤 잘하는 우영원."

유리가 선영이한테 지지 않겠다는 듯 거만한 태도로 말했다.

"자, 조용. 남자들은 앞에 2열 종대로 서고, 여자들은 뒤에 한 줄로 선다!"

코치가 단 위에 서서 소리쳤다. 코치 구령에 부원들이 일사불란하게 움직였다.

"너 남재호 찍어둔 애 있으니까 넘보지 마라."

유리가 선영이 옆에 바짝 서서 낮게 을렀다. 남의 제사상에 감

놔라 배 놔라도 유분수지.

"그래? 그럼 페어플레이하지, 뭐."

선영이는 그 말을 남기고 재빨리 자리를 찾아갔다.

"저걸 그냥."

유리가 선영이 뒤통수를 노려보았다.

"야, 강유리. 재호 찍어둔 애가 있어? 누군데?"

내 말에 유리가 킥킥거렸다.

"그걸 내가 어떻게 아냐? 재호가 아까워서 한 소리지."

"엥? 남친 있는 네가 왜 재호가 아까워?"

"내가 남친 있는 거랑 재호 아까운 거랑 무슨 상관인데?"

'헐.' 나로서는 도저히 이해할 수 없지만, 악의 없이 유리를 째려보며 나란히 섰다. 대책 없는 유리지만 유리가 없었으면 혼자 외로울 뻔한 건 인정해야지.

"열중쉬어!"

코치의 구령 소리는 씩씩한 기상이 느껴졌다.

"곧 선생님이 오실 거니까 그대로 움직이지 말고 대기한다."

열중쉬어 자세로 조금 있자니 체육부 담당샘인 3학년 체육샘이 단 측면에 설치된 계단을 올랐다. 걸음을 옮길 때마다 몸이 한쪽으로 기울었다. 체육샘은 방학하자마자 교통사고를 당해서 다리를 다쳤다고 들었다. 사고 난 지 한 달이 넘었는데 아직도 다리를 절고 있었다.

"공부하기 싫어서 들어온 사람은 지금 당장 나가는 게 좋다. 여긴 공부하기 싫어서 오는 곳이 아니다. 체육은 공부보다 더 어렵다. 해보면 안다."

샘의 말에 긴장감이 돌았다.

"공부하기 싫어서 온 사람은 다 나가게 되어 있다. 그런 사람은 못 견딘다. 각오 단단히 하지 않으면 시간만 버리는 거다."

샘 말에 나도 모르게 주먹을 불끈 쥐었다. 입술을 꽉 깨물었다. 아픈 줄도 몰랐다. 난 꼭 해내고 말 거야. 공부를 끈질기게 했듯 체육훈련도 그렇게 해낼 테다. 옆에서 유리가 내 옆얼굴을 보는 게 느껴졌다. 돌아보니 잔뜩 졸아있었다.

"나 어떡해? 겁나."

소리 안 나게 입 모양으로 말했다.

"괜찮아. 너도 할 수 있어."

나도 입 모양으로만 대답해 주었다. 유리뿐만 아니라 나한테도 한 말이었다. 괜찮다는 말, 참 따스하고 포근한 주문 같다. '괜찮아'라고 주문을 걸면 정말 괜찮은 것 같고, 다시 해볼 용기가 생겼다.

"코치님 말씀 잘 듣고 열심히 훈련하길 바란다. 이상이다."

주장이 코치 지시에 따라 재빠르게 정렬을 가다듬고 몸풀기 운동을 시켰다. 우리는 줄 맞춰 서서 몸을 풀었다. 팔에 힘을 빼고 손을 흔들어대고, 무릎을 잡고 구부렸다 펴기를 반복했다. 발목을 돌리고, 목을 돌리는 등 온몸을 말랑말랑하게 풀어주었다. 그런 다음에는 짝을 지어 앉아 윗몸일으키기를 했다. 한 팀당 열 번씩 몇 바퀴를 돌렸다. 끝까지 하면 삼백 번인데, 삼백 번을 다 채운 팀은 한 학기 일찍 들어온 몇밖에 없었다.

유리와 연아는 일찌감치 포기한 채 헉헉댔다. 슬쩍 보니 선영이도 기를 쓰고 버티는 것 같았다. 근성 있어 보였다. 나는 선영이한테 지기 싫어서라도 젖 먹던 힘까지 짜냈다. 그래도 중간에 포기할 수밖에 없었다. 나는 아직 훈련되지 않은 새내기에 불과했다. 선영이는 한 학기 먼저 들어와서 그런지 나보다 월등히 잘했다.

'지금은 네가 앞설지 몰라도, 나중에는 내가 앞서게 될 거다.'

선영이를 보며 전의를 불태웠다.

버피테스트는 팔굽혀펴기보다 훨씬 힘들었다. 선영이는 버피테스트는 물론 고깔왕복달리기도 아주 잘했다. 달리는 자세부터가 달랐다. 다른 아이들 뛰는 모습은 과부하가 걸린 것 같은데, 선영이가 뛰는 모습은 안정적이고 가뿐했다. 내가 아무리 열심히 해도 그런 자세가 잡힐 것 같지 않았다.

'쟤는 내가 이길 수 있는 상대가 아니네.'

이런 생각이 들자 기운이 빠졌다.

'힘내자. 될 때까지 하면 돼!'

나는 악을 쓰고 달렸다. 그러나 나는 치고 도는 힘이 약했다. 고깔을 돌 때 다다다다 발을 바닥에 치면서 재빨리 돌아야 하는데, 치는 힘이 약하니 순발력이 떨어질 수밖에 없었다.

"더 빨리!"

"더 세게 쳐!"

내가 고깔을 돌 때마다 코치가 날카롭게 소리쳤다.

휴식 시간 뒤 곧바로 체육관 한쪽에 깔린 초록색 매트에서 제자리멀리뛰기를 했다.

"넘어지지 마. 가만있어!"

한 명 뛸 때마다 코치가 소리치고 기록을 노트에 적었다. 멀리뛰기는 매트에 숫자가 적혀 있어서 뛰자마자 기록을 알 수 있었다. 남자애 중에는 주장의 기록이 제일 좋았다. 찬우는 기껏 멀리 뛰어놓고 엉덩방아를 찧었다. 주저앉으면서 뒤로 손을 짚는 바람에 기록이 엉망이 되었다.

"다시 뛸게요."

"안 돼."

코치는 찬우 말을 들어주지 않았다.

"아니죠. 이건 아니죠. 아, 코치님~!"

찬우가 아무리 애원해도 끄떡하지 않았다.

"30센티미터가 네 기록이야."

잔인하리만큼 정확했다.

여자애 중에는 역시나 선영이가 제일 잘했다. 선영이는 멀리 뛰는 자세도 타고났다. 길고 가벼운데 힘이 느껴졌다. 부럽다. 내 차례가 되었을 때 있는 힘을 다해 멀리 뛰었다.

"넘어지지 마. 가만있어."

매트에 적힌 기록을 보니 선영이 기록에 훨씬 못 미쳤다. 휴, 한 숨이 나오려는 걸 참고 천천히 심호흡했다. '괜찮아.' 나는 나 자 신에게 주문을 걸었다.

제자리멀리뛰기가 끝났다. 처음부터 코치가 강조한 것이 훈련 도중 절대 물을 마시면 안 된다는 것이었다. 알지만 물이 너무 마 시고 싶었다. 계속 땀을 쏟으면서 훈련했기 때문에 몸 안의 물이 다 말라버린 듯했고, 목이 바작바작 탔다.

유리와 나는 코치 몰래 물을 마셨다. 정수기는 창문 옆에 있었 는데, 물을 마시면서 창밖을 보니 체육부원 중 한 명인 성근이가 담배를 피우고 있었다. 푸, 뿜어내는 담배 연기가 뿌옇게 흩어졌 다. 담배 연기가 내게 날아오는 것도 아닌데 기침이 쏟아졌다. 숨 이 막혔다. 목을 잡고 기침을 해댔다. 유리가 괜찮다며 나를 안고 등을 쓸어주었다. 차츰 기침이 가라앉았다. 우리는 잠깐 멍하니 앉아 있었다. 그러는 사이 기침이 완전히 사라졌다. 애써 기억하지 않으려던 그 어떤 기억도 사라졌다. 우리는 천천히 일어났다.

물을 마신 건 우리의 치명적인 실수였다. 다음 훈련이 달리기였기 때문이다. 넓디넓은 체육관을 왼쪽으로 열다섯 바퀴 돌고, 오른쪽으로 열다섯 바퀴 도는 훈련이었다. 한 학기 먼저 들어온 애들은 페이스를 유지하며 잘 달렸다. 이제 막 들어온 우리가 페이스를 유지한다는 건 무리였다. 우리는 천천히 달렸는데, 뛸 때마다 물이 뱃속에서 출렁거렸다. 소리도 들렸다.

"아주 그냥 파도가 친다, 쳐."

유리 말에 웃음이 났다. 잔꾀 부리면 탈이 난다는 걸 어려서 읽은 많은 동화가 증명하지 않았던가.

세 바퀴째부터 탈락자가 생기기 시작했다. 새로 들어온 아이들이었다. 맨 먼저 낙오된 사람은 유리였다.

"나 이러다 죽을 거야. 결혼도 못 해보고 죽으면 안 되잖아."

그러더니 곧바로 체육관 한가운데로 가 주저앉았다. 나는 이를 악물고 달렸다. 워낙 운동을 좋아해서 체육훈련쯤은 문제없을 거라고 자신했는데, 막상 해보니 만만치 않았다. 숨쉬기가 어려웠다. 오른쪽 바퀴를 돌기도 전에 유리 옆에 가 주저앉고 말았다.

자세 하나 흐트러지지 않은 채 끝까지 달리고 있는 애들을 보고 있자니 내 모습이 너무 초라했다. 여태까지 나는 내가 운동을 꽤 잘한다고 생각했는데, 착각이었나 보다. 나는 그저 운동 좋아하는, 평범한 아이에 지나지 않았다. 몹시 자존심이 상했다.

정훈이라는 애는 할 것만 하고 빠지더니, 체육관 한쪽에 마련된 농구장에서 혼자 농구연습을 했다. 농구장에서 혼자 달리는 정훈이는 왠지 모르게 자유로워 보였다. 공을 통통통 튀기는 모습도, 공을 튀기며 한 바퀴 도는 모습도, 바스켓을 향해 공을 던지는 모습도 다 자유로웠다. 얼마나 익숙해야 자유로워질까. 익숙해지기까지 또 얼마나 많은 훈련을 했을까. 부러웠다.

"쟤는 왜 혼자 농구해?"

정훈이가 던진 농구공이 바스켓에 들어가는 것을 보며 물었다.

"몰랐어? 정훈이 쟤 우리 학교 농구 기대주잖아. 쟨 고교 시 대표팀이야. 팀원들과 훈련하러 자주 나가. 농구로 대학 간다고 하더라."

부러워하는 표정이 주장 얼굴에 고스란히 드러났다.

"아!" 내 입에서 새된 목소리나 튀어나왔다. 대학 소리만 들으면 식은땀이 쭉 흘렀다.

체육쌤은 우리가 운동하는 내내 한쪽에서 혼자 운동했다. 주로 다리에 집중된 동작을 보니 틀림없이 재활운동일 것이다.

행복 바이러스 키우는 곳

체육부에서 유리는 제일 운동을 못하면서, 가장 노력하지 않는 여자 뺀질이로 통했다. 툭하면 죽겠다고 열에서 이탈하고, 툭하면 사라졌다 나타나곤 했다. 코치한테 걸리면 갖은 애교를 떨어서 모면했다. 주장은 아예 그러려니 제쳐둔 듯 보였다.

체육샘은 체육관 한구석에서 재활운동을 하니 돌아가는 상황을 다 꿰뚫을 텐데도 세세하게 관여하지 않았다. 지나치게 아이들을 옥죄면 역효과가 날 수 있다고 판단했거나 아니면 원래 털털한 성격일 수도 있었다.

유리는 운동은 못해도 성격은 좋아서 분위기를 밝게 만드는 재주가 있었다. 우울해 보이는 애한테는 다가가 웃겨주고, 주저앉은 애한테는 할 수 있다고 위로해 주고, 잘하고 있는 애한테는 파이팅을 외치며 응원했다. 그야말로 없어서는 안 될 약방의 감초 역할을 톡톡히 해냈다. 미워할 수 없는 뺀질이 대마왕이랄까?

해가 쨍쨍한 날 운동장에서 800미터 달리기를 했다. 오후 정규 수업이 모두 끝난 시간이긴 해도 너무 더웠다. 남자애들이 앞에서 달리고 여자애들이 뒤에서 달렸는데, 나는 선영이와 연아 사이에서 달렸다. 선영이는 달리기를 나보다 월등히 잘했고, 연아는 나와 비슷했다. 나는 둘 사이에서 선영이를 따라잡으려고 기를 썼고, 연아에게 뒤처지지 않으려고 애를 썼다.

저만치서 이레가 손에 페트병을 들고 다가왔다. 이레는 우리와 함께 달리면서 얼음물이 든 페트병을 건네주었다.

"거기, 물 마시면 안 돼!"

코치가 꽥 소리치자 깜짝 놀란 이레가 얼른 페트병을 받아 들고 멀어졌다.

"우영원, 강유리, 파이팅!"

이레가 멀어지다 말고 돌아서서 외쳤다. 나는 크게 팔을 흔들어주었다. 마주 팔을 흔드는 이레 머리 위로 내리쬐는 석양이 유난히 반짝거렸다. 찐친의 응원은 효과가 컸다. 다리에 힘이 붙는 느낌이었다.

유리한테는 찐친의 응원 효과가 오래가지 못한 모양이었다. 신발끈이 풀어졌다며 멈춰 신발끈을 묶었다. 우리가 한 바퀴를 다 돌아서 그 자리에 왔을 때까지도 유리는 신발끈을 묶고 있었다.

"강유리, 아직도 신발끈 묶고 있어?"

코치가 어이없다는 듯 소리쳐도 유리는 "네!"라고만 대답하고 천천히 끈을 묶었다. 애들이 웃어도 전혀 개의치 않았다.

"강유리, 너 신발끈 일부러 풀었다가 다시 묶는 거지?"

주장도 한마디 했다. 애들이 더 크게 웃었다.

"아니거든."

유리는 보란 듯이 느리게 손을 움직였다. 그렇게 두 바퀴를 쉬고 나서야 대열에 합류했다. 유리는 어떤 방법으로든 뺀질거렸다. 이 방법 저 방법 다 써서 훈련 빠지기를 밥 먹듯 하더니 어느 날은 동영상을 찍겠다고 설쳐댔다.

"안 돼. 이 꼴로 어떻게 화면에 나오냐?"

훈련하다 보면 우리 모습은 그야말로 엉망이 되었다. 머리는 헝클어지고 얼굴은 땀범벅이고 표정은 피곤에 쩔어 다 산 표정을 짓기 일쑤였으니까. 그걸 그대로 화면에 담을 수는 없었다.

"얼굴은 모자이크 처리해 줄게. 아니, 근데 누가 너희 얼굴 잘 나오게 한대? 예쁜 나만 잘 나오면 되거든. 너희는 멀리 찍을 거야. 잘 보이지도 않아."

이렇게 해서 유리는 운동보다는 동영상을 위해 체육부에서 활동하는 듯 보였다. 체육샘도 체육부의 역사를 길이 남길 수 있겠다며 유리의 동영상 촬영을 허락해 주었다.

"애들 방해하지 말고, 네 시간도 방해받지 않는 선에서 잠깐만이야."

쐐기를 박는 것도 잊지 않았다.

여자 뺀질이가 유리라면, 남자 뺀질이는 찬우였다. 찬우는 달리기할 때마다 매번 다리에 쥐가 난다고 빠져서는 세 바퀴를 앉아서 쉬었다. 찬우는 아르바이트를 많이 했는데, 훈련받다가도 아르바이트 갈 시간이라며 도중에 빠지기 일쑤였다. 그래야만 할아버지 약값도 보태고, 동생 학용품도 사줄 수 있다고 했다. 항상 밝기만 한 찬우가 그렇게까지 형편이 안 좋다는 건 까맣게 몰랐다. 찬우 형편을 안 뒤로는 돈 많이 벌기를 바라게 되었다.

날이 갈수록 체육부원들은 남녀 구분 없이 가족처럼 지냈다. 힘겨운 훈련을 함께하면서 전우애 비슷한 감정이 싹튼 결과였다.

훈련 끝나고 일찍 씻고 나온 재호가 농구공을 튀기고 있었다. 나는 잽싸게 달려가 농구공을 빼앗았다. 공을 튀기며 농구대로 달려가 뛰어오른 순간 재호 목소리가 들렸다.

"와, 되게 귀엽다."

재호 목소리는 부드러운 미풍이 되어 나를 감쌌다. 심쿵! 가족

애도 전우애도 아닌 야릇한 감정이었다. 공을 던진 순간부터 공이 내 손에서 벗어나 어디로 갔는지 기억나지 않았다. 공이 통통 튀면서 굴러가다가 이내 제자리에 서는 게 보였다. 나는 얼른 달려가 공을 집어 재호 반대 방향으로 달렸다. 이 모든 과정이 한 편의 영화장면처럼 내 기억에 각인되었다.

연아가 오래달리기를 하다가 쓰러진 뒤로, 우리는 소금 알약을 두 알씩 먹고 훈련했다. 먹는지 안 먹는지 코치가 매일 세심하게 살폈다. 하루는 소금 알약을 먹고 있는데 먹을거리가 잔뜩 배달되었다. 피자, 치킨, 음료수까지 엄청난 양이었다. 애들 눈이 휘둥그레졌다.

"우리 엄마가 쏘는 거야. 오늘이 내 생일이거든."

선영이가 뽐내자 찬우가 부잣집 외동딸 생일 음식이라 그런지 대박 푸짐하다며 너스레를 떨었다. 선영이가 부잣집 외동딸이라는 건 누구나 알고 있었다. 선영이 엄마는 벤츠를 몰고 학교에 드나들었다. 아침마다 등굣길 끝까지 올라와서 선영이를 내려주었다.

"이건 유기농 피자고, 이건 유기농 치킨, 이건 무알코올 피나콜라다."

선영이 말에 다들 유기농 피자와 유기농 치킨도 있구나 하는 표정이었다.

"피나 뭐?"

찬우가 묻자 선영이가 다시 한번 이름을 말해주었다.

"피나콜라다? 술이야?"

찬우는 알코올이라는 말에 술을 떠올린 모양이었다. 무알코올을 알코올로 해석하다니, 그것도 재주라면 재주다. 다들 유기농이라 그런지 이름도 고급스럽고 맛있다며 좋아했다. 지금껏 단 한번도 부잣집 딸인 선영이가 부러운 적이 없었다. 그랬는데 맛있게 먹고 있는 애들을 보니 부러웠다. 해가 쨍쨍할 때도, 달이 밝을 때도, 별 하나 없을 때도 함께 땀 흘리며 훈련하는 체육부 친구들한테 이온 음료 한 캔씩이라도 돌리고 싶었던 적이 한두 번이 아니었다. 하지만 선뜻 그럴 수는 없었다. 엄마는 매일 밤 앓는 소리를 내며 잠들었고, 아빠 수입은 고정적이지 않았다. 끊기는 날도 있어서 체육부 수업료만으로도 미안했다. 갑자기 피자 맛이 뚝 떨어졌다.

간식을 먹고 난 애들 행동이 굼떠 보였다. 먹다 만 게 다행이라는 생각이 들었다. 누구보다 열심히 훈련에 임했다. 꼭 선영이를 앞지르고 싶었다.

선영이는 이따금 재호에게 초콜릿을 주기도 하고, 훈련이 끝나면 반쯤 얼어 있는 시원한 물을 건네기도 했다. 선영이가 재호에게 보이는 친절이 왠지 신경에 거슬렸다.

"야, 네가 그럼 좋잖아. 왜 하필 고 여우냐고?"

유리도 선영이가 재호에게 잘하는 게 못마땅한 눈치였다. 그래도 우리는 서로를 살뜰하게 챙겨주며 잘 지냈다. 속내를 드러내며 편 가르고 어쩌고 하기에는 여자 수가 너무 적었다. 그야말로 똘똘 뭉쳐야 하는 핵가족이었다. 그도 그렇거니와 열여덟, 누가 뭐래도 우리는 체육 하는 어엿한 숙녀들이었다.

훈련을 끝내고 탈의실에 들어가 홀렁홀렁 옷을 벗고 샤워할 때면 온몸이 녹아내렸다. 서로에게 물을 뿌리며 장난도 치고, 탈의실에서 옷을 입으며 수다도 떨었다. 그럴 때면 불쑥불쑥 나를 괴롭히던 시기심과 불안도 슬그머니 자취를 감추었다.

"아유, 옷 속에 사과 두 개는 갖고 다녀야 하는데, 난 계란프라이라니까."

유리가 상의를 입고는 가슴을 쓸어내렸다. 순간 우리 셋 다 빵 터졌다.

"웃지 마. 웃픈 현실이야. 난 손 큰 남자가 좋은데 손 작은 남자랑 결혼해야 하잖아."

유리 말에 우리는 순간 석고상이 되었다가 다시 웃음보가 터졌다. 못 말리는 강유리, 별걸 다 생각한다니까.

"넌 도대체 옷이 몇 개냐?"

유리가 빈정거렸다. 선영이가 못 보던 옷을 꺼내 입는 중이었다. 우리는 반팔 티 한두 개를 번갈아 입는데, 선영이는 날마다 새

옷으로 갈아입었다.

"냅둬. 쟤 부잣집 외동딸이잖아."

연아가 선영이를 감쌌다.

"운동 못하면서 옷만 갈아입으면 완전 꼴불견인데, 쟤는 운동 도 잘해요."

유리가 샐쭉거렸다. 좋다는 건지 싫다는 건지 모르겠다.

"빨리 밥 먹고 야자 가자."

내가 말하자 죽겠는데 어떻게 또 야자를 하냐며 유리가 엄살을 떨었다.

"너만 죽겠냐? 나도 죽겠다."

선영이가 죽는소리를 하자 연아도 벌써 눈이 감긴다며 덩달아 투덜거렸다.

"힘들어도 공부는 해야지."

내가 말했다. 힘들다고 하면 엄마는 좀 쉬고 하라고 했다. 모르 는 말씀. 쉬면 공부하기 싫었다. 그걸 알고 언제부턴가 쉬지 않고 공부했더니 습관이 되었나 보다. 서둘러 급식실로 달려갔다.

급식 아줌마가 퍼준 찬우 급식판은 수북한데 내 급식판은 납작 콩이었다.

"더 주세요."

조금 더 주셨지만 콩알만큼이었다. 간에 기별도 안 갈 만큼이라고나 할까.

"조금 더 주세요."

더 주며 덧보태는 말씀.

"쪼끄만 여자애가 많이도 먹네."

성차별인가, 키 차별인가? 말이 떨어지기 무섭게 찬우를 가리키며 말했다.

"제가 쟤보다 달리기 더 잘해요."

아주머니가 나를 멀뚱히 바라봤다. 믿을까 말까 하는 표정이었다.

"윗몸일으키기도 더 잘해요."

나는 수북이 쌓인 급식판을 보란 듯이 들고 걸었다. 뒤돌아보니 아주머니가 눈을 동그랗게 뜨고 나를 바라보고 있었다. 나는 씩 웃어주고 돌아서 당당하게 걸었다.

"우영원, 멋져부러!"

유리가 동영상을 찍으며 엄지척을 해 보였다.

"휘, 휘~!"

남자애들이 휘파람을 날렸다.

"자, 멋진 우리 영원이를 위하여 박수 한 번 치자."

체육쌤 말에 박수갈채가 쏟아졌다. 박수갈채가 나를 태우고 급식실을 날아다녔다.

"아주머니, 여기 여자애들도 밥 많이 주세요."

체육샘의 정중한 부탁에 아줌마가 내게 미안하다고 사과했다. 자기 잘못을 알고 뒤늦게라도 사과할 줄 아는 어른이 진짜 어른일 거라는 생각이 들면서 아줌마가 멋지게 보였다.

석식 시간엔 아무도 말을 하지 않을 때가 많았다. 강도 높은 운동을 너무 많이 해서 말할 기운도 남지 않았기 때문이다. 물론 뺀질이 찬우와 유리는 기운이 남아돌아 수다스럽게 떠들며 밥을 먹지만. 어쨌든 다들 말없이 먹는 날이면 더 기운이 빠졌다. 오늘은 박수갈채를 받아서 그런지 기운이 솟았다. 찬우와 유리의 수다에 맞장구치며 밥을 먹었다. 한없이 즐겁고 행복했다. 행복이라는 것은 어쩌면 같은 쪽을 바라보며 기쁨과 고통을 함께하는 것일지도 모르겠다는 생각이 어렴풋이 들었다.

중간고사가 다가오고 있었다. 체육부 활동으로 시간이 턱없이 부족한 나는 마음이 조급해졌다. 체육부를 그만두었다가 내년 실기 앞두고 다시 돌아가는 게 나은지 고민스러웠다. 그러면 내가 그토록 바라던 우리 반 1등을 할 수도 있을 것이다. 반면 실기 합격 점수를 기대하기는 어렵게 될지도 모른다. 이러기도 저러기도 힘든 상황이었다. 내 마음에 진지하게 물어봤다.

'마음아, 어떻게 하고 싶어?'

'체육부를 떠나고 싶지 않아, 절대로.'

나는 내 마음이 하자는 대로 하기로 했다.

재호는 며칠째 훈련도 야자도 다 빠졌다. 어지간해서는 빠지지 않는 애라서 신경이 쓰였다. 무슨 일이 있나? 운동하다가도 공부하다가도 문득 재호 생각이 났다.

"주장, 재호 왜 안 나와?"

"걔네 엄마가 이번에 성적 안 오르면 체육부 못 하게 한다고 그랬대."

영 못마땅한지 주장은 입을 씰룩거리며 어깨를 올렸다 내렸다.

"그래서 여기 안 오고, 자기 혼자 공부하는 거야? 배신자."

배신자 재호가 앞에 있기라도 하듯 유리가 눈을 부라렸다.

"응, 근데 죽을 맛이래."

주장이 이맛살을 찌푸렸다.

"우리랑 같이하면 내가 도와줄 수 있을 텐데. 내가 시험에 나올 만한 문제도 뽑아주고, 문제도 풀어줄 테니까 다들 같이 모여 공부하자."

이렇게 해서 다 함께 공부하게 되었다. 나는 부지런히 요약 노트를 정리하고, 새벽까지 공부하며 시험에 나올 만한 문제들을 뽑았다. 요약 노트를 복사해서 나눠 주고, 수학 문제를 풀어주고, 영어문장을 해석해 주고, 중요한 부분을 달달 외우게 했다. 교실 맨 앞에 앉아 애들을 살피기도 했다. 공부하는 내내 애들은 엉덩이를 들썩거리기 일쑤였고, 심지어 들락날락하기까지 했다.

"왜 자꾸 나갔다 들어왔다 해?"

"전화 와서."

핸드폰을 흔들며 또 나갔다. 이제 좀 분위기가 잡히나 싶으면 다른 애가 슬그머니 내게 와서 속삭였다.

"머리가 과부하야. 산책 좀 하고 올게."

공부 시간보다 산책 시간이 더 긴 거 첨 봤다. 어떤 애는 졸다가 그대로 엎어졌다. 일어나라고 깨우면,

"나 어제 공부하느라고 잠을 못 잤어."

변명 참 그럴듯하다.

띠리릭 띠리릭 조용하던 교실에 갑자기 커터칼 소리가 유난히 크게 들렸다. 순간 귀를 틀어막았다. 그래도 소리는 집요하게 내 손을 뚫고 들어와 고막을 울렸다. 체육부 슬로건을 반복해서 중얼거렸다. 아직도 트라우마에 시달리다니. 이래 봬도 강인한 체력, 강인한 정신력을 기치로 내세운 체육부원인데.

"야, 커터칼 소리 내지 마."

유리가 다급하게 외쳤다. 나는 이러면 안 되지 싶어 귀에서 손을 뗐다.

"아니야, 괜찮아. 공부하자."

아무렇지 않은 모습을 보여주고 싶어서 머리를 흔들며 웃었다. 다시는 커터칼 따위 무서워하지 않겠다고 다짐하면서.

'괜찮아. 괜찮아.' 나는 속으로 마법의 주문을 외웠다. '강인한 체력, 강인한 정신력, 강인한……' 체육부의 슬로건도 주문처럼 외웠다. 운동하는 사람으로서 내 약점에 발목 잡혀 허덕이는 게 아니라 기꺼이 극복하고 굳세지리라.

성근이는 쉬는 시간에는 떠들고 놀면서도 꼭 야간 자율학습 시간에는 두 번 정도 나갔다 들어왔다. 성근이가 들어오면 담배 냄새가 확 퍼졌다. 처음에는 담배 피우는 상상만으로도 자지러지게 기침이 나왔다. 유리가 성근이에게 주의 주려는 걸 못 하게 막았다. 담배 냄새가 날 때마다 나는 나 자신에게 주문을 걸고 또 걸었다.

재호는 누구보다도 열심히 공부했다. 내가 설명할 때는 하나라도 놓치지 않으려고 바짝 귀를 기울였고, 풀라는 문제는 낑낑대면서도 끝까지 풀었다. 모르는 것이 있으면 서슴없이 질문해서 기필코 알려고 들었다.

평소에는 공부를 잘 하지 않는 유리도 시험이 얼마 남지 않아서 그런지 잘 따라주었다. 동영상 핑계로 공부를 소홀히 할까 봐 걱정했는데 의외였다.

"너희들 공부 열심히 해서 내가 다 기분 좋다."

샘이 아이스크림을 사 와서 하나씩 나눠 먹었다.

"샘, 아이스크림에 꿀 발라오셨어요?"

유리 말마따나 아이스크림이 유난히 달았다. 날마다 이 달콤한 아이스크림 같으면 참 좋겠다.

선생님들 연수가 있어서 체육부에서 의자를 날라야 하는 일이 생겼다. 창고에 쌓인 의자를 날라 체육관에 가지런히 놓고 먼지를 닦았다. 몇백 개에 가까운 의자를 옮기자니 2학년 체육부원 모두가 움직이는 데도 시간이 꽤 오래 걸렸다.

"아, 너무 힘들다. 아프다고 할까?"

유리가 꾀를 피웠다.

"야, 너 빠지면 우리가 더 힘들지."

선영이는 유리가 진짜 빠질까 봐 겁나는 모양이었다.

"아냐, 나 진짜 아파서 못 한다고 할 거야."

유리의 뺀질이 기질이 또 발동했다.

"장염 걸렸다고 해야지. 장염, 장염, 장염."

그러더니 대뜸 내게 물었다.

"나 꾀병 같니?"

유리 물음에 '풋' 하고 웃음이 나고 말았다.

"응, 하나도 안 아파 보여."

정신 차리라고 솔직히 말해줬다. 그런데도 발칙한 유리는,

"그래도 할 수 없어."

그러더니 다짜고짜,

"샘, 저 꾀병 걸렸어요."

체육샘한테 소리쳤다. 모두 일시에 뿜었다.

"아니, 장염 걸렸어요."

이미 늦었다. 다들 배를 잡고 웃느라 고꾸라질 지경이었다. 공부만 할 때는 스트레스가 쌓이는데, 체육부에서 운동하면 스트레스가 다 날아가 버렸다. 운동이 아니더라도, 심지어 먼지 뒤집어쓰며 의자를 날라도 스트레스가 감쪽같이 사라졌다. 사라질 뿐만 아니라 행복 바이러스가 팡팡 터졌다. 아무래도 체육부는 행복 바이러스를 키우는 곳인 게 분명하다. 공부할 시간이 절대적으로 부족해도 체육부를 그만두는 건 상상도 할 수 없었다.

의자를 다 놓고 우리는 학교 앞 고기뷔페로 회식하러 갔다. 학교에서 특별히 애쓴 체육부에 한턱내는 거였다. 아이들은 맘껏 고기를 먹을 수 있다며 방방 떴다.

"꾀병 난 사람은 고기 먹으면 큰일 나."

코치 말에 또 한바탕 웃음바다가 되었다.

"오빠, 너무해요."

유리가 고기를 싼 상추쌈을 입에 밀어 넣고 으적으적 씹으며

샐쭉댔다.

"연아, 코치 옆에 앉지 말고 자리 옮겨."

갑자기 체육샘이 민감하게 반응했다. 연아가 테이블 옆으로 옮겨 앉자 코치 옆에는 재호만 남았다. 테이블 한쪽에 선영이, 유리, 나 이렇게 셋이 앉고, 맞은 편에 코치와 재호, 그리고 측면에 연아 혼자 앉았다. 반듯한 테이블과 달리 앉은 모양이 이상했다.

"왜 오빠 옆에 앉지 말라고 하시는 거지?"

내가 고개를 갸웃거리자 유리가 말해주었다.

"왜긴? 둘이 사귈까 봐 그러는 거지. 넌 것도 모르냐?"

"엥? 그럼 내가 찬우 옆에 앉으면 찬우랑 사귀는 거냐?"

내 말에 다들 빵 터졌다. 뿜을까 봐 불룩한 입을 가리느라고 난리가 났다.

"우영원, 나도 너랑 같이 앉아도 안 사귈 거거든."

옆 테이블에서 고기를 굽던 찬우가 집게를 흔들어댔다.

"너희가 사귀면 영원이가 아깝지."

재호가 알맞게 익은 고기를 하나 집어 내 접시에 올려 주었다. 나는 냉큼 고기를 깻잎에 싸서 먹었다. 선영이 표정이 떨떠름했다. 그러거나 말거나 고기가 입에서 살살 녹았다.

"작년에 3학년 선배랑 먼저 코치가 사귀었대. 근데 사귄다고 끝까지 가냐? 당연히 깨졌지. 선배가 체육부 나가고, 코치 그만두고, 난리도 그런 난리가 없었다더라."

유리는 어디서 들었는지 뚜르르 꿰고 있었다.

"근데 웃기지 않냐?"

유리가 먹던 걸 딱 멈추고 둘러보았다. 다들 얘가 또 왜 이러나 하는 얼굴로 바라봤다.

"어떻게 체육부에서 사귈 수가 있냐? 땀범벅 얼굴에, 헝클어진 머리에, 땀 냄새도 쩌는데. 그런 엉망진창인 모습을 다 보는데 좋아지냐? 우린 그냥 가족이지, 가족."

유리 말에 다들 고개를 끄덕였다. 그래서 아직 체육부에 커플이 탄생하지 않는지도 모르겠다. 우리는 맘껏 웃고 떠들며 고기도 배불리 먹고 나왔다.

시험이 2주밖에 남지 않아 체육부 훈련이 중단되었다.

별이 빛나는 밤에

책을 폈지만 눈에 들어오지 않았다. 배는 부르고 몸은 천근만근 물먹은 솜이 되어 가라앉는 느낌이었다. 눈이 스르르 감겼다. 아무리 머리를 흔들어도 소용없었다. 잠을 쫓아볼 요량으로 라디오를 켰다. 라디오 프로그램 〈별밤〉에서 익숙한 노래가 흘러나오고 있었다. 사연을 보내 채택되면 사이다 한 상자를 보내준다는 사회자 말에 귀가 번쩍 뜨였다. 나는 얼른 핸드폰에 사연을 썼다.

문자가 너무 길어서 MMS로 넘어갔다. 가슴이 떨렸다. 혹시나 하는 마음에 핸드폰 녹음기능을 확인하고 기다렸다. 숨죽이고 있는데 "안녕하세요. 저는 중신고 체육부 우영원이라고 해요"라는 별밤지기 언니의 목소리가 흘러나왔다. "앗싸!" 나는 서둘러 녹음했다.

"우리 체육부원들은 하나같이 가족처럼 사이좋게 지내고 있어요. 운동하다 보면 온몸이 땀에 젖고, 땀 냄새도 장난 아니고 모두 엉망이지만 그런 모습도 보기 좋아요. 힘들어도 포기하지 않고 열심히 꿈을 향해 점프하고 있는 체육부 친구들에게 시원한 사이다 한 캔씩 선물하고 싶어서 사연을 보냅니다.

오늘은 체육부 친구들과 학교 의자를 몇백 개나 나르고 고기 뷔페에서 회식했어요. 잔뜩 먹었더니 아직도 배불러요. 친구들도 배부를 거예요. 체육부 친구들에게 음악 들으며 소화시키라고 제이레빗의 〈요즘 너말야〉를 신청합니다.

중신고 영원이 학생이 사연 보내주셨는데, 더운 날 힘드시겠어요. 사이다 보내드릴 테니까 힘내세요. 신청해 주신 제이레빗의 〈요즘 너 말야〉 듣고 올게요."

"쉬운 일은 아닐 거야. 어른이 된다는 건 말야. 모두 너와 같은 마음이야~."

"힘을 내보는 거야~." 나는 노래를 따라부르며 체육부 친구들을 생각했다.

시험은 무사히 끝났다. 성적이 조금 떨어져 아쉬웠지만 예상한 범위였다. 예전 같으면 몹시 괴로웠을 텐데 그렇게까지 괴롭지 않았다. 내가 생각해도 신기했다.

"아씨, 어떡해. 너무 못 봤어." "개망했어." "으, 짜증 나. 또 틀렸어." "아, 나 미쳤어. 완전 미쳤어." 장미는 시험이 끝나고 시험지 답을 볼 때마다 짜증을 부리고 화를 냈다. 애들은 장미가 그러든 말든 외면했다. 학년 초, 언제나처럼 시험 못 봤다고 난리 치던 장미가 나를 앞질러 1등을 했다는 걸 알게 되었을 때는 머릿속이 하얘지는 것 같았다. 장미한테 뒤처진다는, 생각지도 못했던 일이 현실이 되었다는 걸 나는 그때 뼈저리게 인정해야만 했다.

슬쩍 장미를 쳐다봤다. 장미는 시험에서 한 문제를 틀리든 두 문제를 틀리든 짜증을 부리고 화를 냈다. 어쩌면 장미는 앞으로 무슨 일을 하든 자신을 닦달하며 살지도 모르겠다. 갑자기 장미가 안 됐다는 생각이 들었다. 다시 장미에게 뒤처진다고 해도 그다지 속상하지도 억울하지도 않을 것 같았다.

그동안 나는 열심히 운동했다. 아직 눈에 띌 만큼 기량이 좋지는 않지만 언젠가는 좋아질 거라고 믿는다. 운동한 시간만큼 공부를 못 했으니 성적이 운동하기 전 같지 않은 건 당연했다. 하지만 뚝 떨어진 것도 아니고 1등급 낮아졌다. 이 정도면 내가 체육부에서 행복했던 값으로 기꺼이 치를 수 있었다. 나는 성적을 조금 내준 대신 가족 같은 체육부 친구들과 그 무엇과도 바꿀 수 없는 인간애를 나누고 있다. 게다가 꿈을 향해 함께 점프한다는 건 그 무엇과도 바꿀 수 없는 황홀한 경험이었다.

체육부 친구들이 지나다가 나를 만나면 시험 잘 봤다는 말부터 했다.

"근데 왜 내 성적은 개떡이지? 너는 꿀떡이잖아."

유리가 이상하다며 연신 고개를 갸웃거렸다.

"엥? 너 지난번보다 올랐다며?"

"아니, 네 노트로 공부하고, 네가 뽑은 문제 풀고, 다 너랑 똑같이 했는데, 왜 네 성적이랑 똑같지 않냐고?"

유리가 솔직히 말해보라는 얼굴로 나를 노려보았다. 노려본다고 쫄 내가 아니었다.

"그거야 너는 집 가서 그냥 잤으니까 그렇지."

"그럼 넌 집 가서 공부했냐?"

"당연한 거 아냐? 밤도 새웠는데?"

"독한 논!"

유리는 절레절레 고개를 흔들며 나를 밀쳤다.

"의리를 배추쌈 싸 먹었어."

"아닌데, 나 오늘 상추쌈 싸 먹었는데?"

허물없이 굴 수 있는 유리가 옆에 있어서 좋았다. 유쾌한 유리 옆에 있으면 덩달아 유쾌해졌다. 유리와 달리 엄마는,

"너 이 성적으로 대학 갈 수 있긴 하니?"

내 인생 내게 맡긴 줄 알았더니 아직 아니었나 보다. 엄마가 말하는 대학이란 '스카이'를 말하는 거다. 무슨 스카이 콩콩도 아니고, 맘만 먹으면 손쉽게 올라타 콩콩 뛰놀 수 있는 덴 줄 아나.

"아니, 못 가!"

확실하게 대답해 주었다.

"이제 어쩔 거야?"

엄마는 기가 찬다는 표정을 과하게 지었다. 나무에서 발을 헛디딘 오랑우탄 얼굴 같았다.

"엄마, 하늘만 자연이 아니야. 땅도 자연이고, 산도 자연이고, 나무도, 풀도, 꽃도 다 자연이야. 근데 엄마는 하늘만 자연인 줄 알잖아. 하늘엔 별이 있고 구름이 흘러가지만, 땅에선 나무가 자라고 풀과 꽃이 자라고, 우리가 먹고 사는 곡식이 자라. 그뿐이야? 집도 지을 수 있어."

적절한 비유인지 어떤지 생각할 겨를도 없이 내 입에서 마구 말이 쏟아져 나왔다. 순전히 오랑우탄 때문이었다.

"산은 또 어떻고. 산엔 온갖 새들이 깃들어 살아. 나무는 열매를 맺고, 풀은 꽃을 피우고, 꽃은 보는 사람들을 행복하게 만들어.

별을 따려면 하늘로 가야 하지만, 집을 지으려면 땅으로 가야 해. 사과가 먹고 싶으면 사과나무밭으로 가야 하고, 복숭아가 먹고 싶으면 복숭아나무밭에 가야 돼."

"얘가 갑자기 무슨 소리야?"

엄마는 비유를 해석하지 못한 채 눈총을 주었다.

"무슨 말인지 잘 생각해 봐. 그럼 알게 될 거야."

나는 더 이상 말하고 싶지 않았다. 엄마가 내 말뜻을 알아채길 바랄 뿐이었다. 엄마는 이렇다 저렇다 한마디 동의도 변명도 없었다. 대신 전보다 더 자주 트림을 했다. 명치끝을 쓸어내리는 모습도 전보다 훨씬 많이 볼 수 있었다. 엄마는 위가 좋지 않은데 조금만 신경 쓰면 위가 더 안 좋아진다. 보다 못한 내가 말했다.

"난 지금이 전보다 훨씬 행복한데, 엄만 정말 왜 그래? 엄마가 그러면 난 어떡해?"

"아까워서 그렇지. 아까워서!"

엄마가 화를 냈다. 그러고는 몹시 안타까운 표정으로 명치 끝을 눌렀다.

"엄마는 내가 행복한 것보다 등급이 더 중요해?"

명치를 눌러대는 엄마 손을 보며 조심스럽게 따져 물었다.

"성적 안 떨어졌어 봐. 더 행복하지."

성적이 오랑우탄이 놓치지 말아야 하는 나무라도 되나 보다.

성적만 중요하게 생각하는 엄마가 야속했다.

느지막이 들어온 아빠는 꽉 막힌 도로에서도 나만 생각하면 뻥 뚫린 해변도로를 달리는 기분이라며 추켜세워 주었다. 엄마 때문에 치밀었던 분노가 누그러졌다.

시험이 끝난 다음 주부터 체육부 훈련이 다시 시작되었다. 나는 어느 때보다 일찍 일어나 집을 나섰다. 손에는 〈별밤〉에서 보내준 사이다 한 상자가 담긴 보조 가방이 들려 있었다. 체육부 친구들에게 나눠 줄 생각을 하니 무거운 줄도 몰랐다고 하면 거짓말이고, 엄청 무거웠다. 힘들지만 마음은 행복했다. 나도 친구들을 위해 공부를 가르쳐 주는 것 말고 다른 무언가를 하게 되었다는 사실이 축복처럼 느껴졌다.

벌써 두 명의 남학생이 체육부를 그만두었다. 공부는 하기 싫고, 운동이나 해볼까 하고 온 애들이었다. 내 짐작이 아니라 본인들이 직접 말한 사실이었다. 체육샘의 예견이 맞았다. 그 애들에게 훈련은 공부만큼 힘들었다. 남은 우리는 서로의 뜨거운 열정을 확인하며 의지를 다졌다.

훈련 쉬는 시간에, 미리 체육부 교무실 냉장고에 넣어둔 사이다를 가져와 나눠 줬다. 사이다를 마시는 동안 녹음해 둔 라디오 사연을 틀었다.

"저희 체육부원들은 하나같이 가족처럼 사이좋게 지내고 있어
요…….."

애들이 조용히 들으며 사이다를 마시는 모습에 내 가슴이 뛰
었다.

샘한테 가보라는 코치 말에 냉큼 체육부 교무실로 달려갔다.
샘 옆에 앉는데 조금 떨렸다.

"사이다 잘 마셨어. 애들도 아주 좋아하던데? 그런 생각을 다
하고 기특하네."

샘이 칭찬해 줘서 떨리던 마음이 쑥스러움과 기쁨으로 바뀌
었다.

"어때? 할만해?"

"네? 네."

"성적도 우수하고 생기부도 우수해. 너라면 체교과 갈 수 있는
데 수시 넣을 거지?"

"네."

"그래, 체교 수시 넣을 수 있는 애가 너밖에 없어. 네가 우리 체
대 입시 기대주다. 이번 시험 성적이 조금 떨어졌던데 운동하느라
시간이 부족하지? 그래도 성적 관리 잘하고, 운동도 열심히 하자.
선생님이 기대 많이 한다."

"네, 열심히 할게요."

"늦게 들어와서 운동 따라가느라 힘들겠지만, 열심히 하다 보면 좋아질 거야."

"네, 감사합니다."

상담을 끝내고 교무실을 나왔다. 땀 때문에 손바닥이 젖어 있었다. 캠퍼스 한구석도 밟아보지 않은 대학, 강의실 어느 의자에도 앉아보지 못한 대학, 교수가 누군지도 모르는 그 대학이 불쑥불쑥 나를 땀나게 했다.

애들이 단 주위에 몰려 있었다.

"너도 해. 우리 다 이 단 위로 뛰어올랐어."

유리가 나를 단 앞으로 데려가더니 다들 제자리에서 뛰어 단에 올랐다고 했다. 이 높은 데를 어떻게 뛰어올랐을까? 다들 대단하다는 생각이 들었다. '너희들이 다 했다면 나도 할 수 있어.' 애들한테 지고 싶지 않았다.

유리가 멀찍이 물러서서 동영상을 찍었다. 못 본 척하고 단 앞에서 힘껏 점프했다. 내 몸이 붕 떠오르더니 정확하게 단 위에 착지했다. 순간 애들 입에서 탄성이 터져 나왔다. 왜들 난리래?

"우리 한 명도 성공한 사람 없는데, 네가 해냈어!"

"대단하다!"

"대박!"

너도나도 신기해했다. 주장도 뛰다가 정강이를 박아 피가 났다고 했다. 나보다 키도 크고, 체격도 좋은 애들이 하지 못한 일을 내가 해내다니. 리얼? 실화야? 그렇담 자신감 뿜뿜이다!

그 뒤로 몇 번 더 시도했지만 한 번도 성공하지 못했다. 다른 애들이 한 명도 성공하지 못할 만큼 높다는 것을 알고 난 뒤로는 두려움이 앞섰다. 두려운 마음이 내가 앞서 해낸 일이었는데도 해낼 수 없도록 방해하는 게 분명했다.

'신기하다. 아까는 할 수 있다는 각오가 불가능을 가능으로 바꾼 거야.'

그 뒤로 뭔가 두려운 마음이 들 때마다 내가 점프하던 모습을 떠올리려 애썼다.

날이 선선해졌다. 땀을 내기 위해 겨울 패딩을 입고 운동장을 달리기도 하고, 경사진 등굣길을 달려 올라가기도 했다. 아무리 선선해졌다고는 해도 패딩 속은 열기로 후끈후끈했다. 입고 조금만 뛰어도 온몸이 땀에 흠뻑 젖었다. 다들 짧은 패딩을 가져와 입고 뛰었는데, 나는 더 열심히 하고 싶은 욕심에 롱패딩을 입고 뛰었다.

"남극에서 전지훈련 온 펭귄 같아. 크크크."

유리가 놀렸다. 추위를 많이 탄다고 엄마가 한 치수 크게 사줘서 내가 봐도 펭귄 사촌뻘은 되어 보였다. 등굣길 양쪽으로 단풍나무가 빨갛게 물들고 있었다. 우리는 빨간 단풍나무 아래 까만 패딩을 입고 서서 단풍나무를 올려보았다. 단풍나무가 우리를 보고 웃는지 가지를 흔들었다. 무수히 많은 빨간 이파리들이 몸을 떨었다. 빨간 별들이 까르르 웃는 것처럼 보였다.

교문에서부터 학교 현관 쪽 끝까지 달려가는 훈련이 시작되었다. 맨 앞에 선 주장이 달리려는데 앞에서 코치가 두 손으로 주장 양쪽 어깨를 밀며 막았다. 주장이 아무리 달리려고 해도 막혀서 달려 나갈 수 없었다. 이런 식으로 한 명 한 명 훈련했다. 한참을 하다가 코치가 지치면 체육샘이 대신했다. 그러면 코치는 샘 뒤에서 샘을 밀며 힘을 실어주었다. 아직 다리가 완전히 회복되지 않은 샘을 도우려는 의도였다.

하교하는 아이들이 안쓰러운 눈빛으로 바라보며 지나갔다. 그런 아이들을 보며 나는 속으로 괜찮다고 외쳤다. 우린 꿈을 향해 달려가는 거라고, 걱정하지 말라고 힘주어 말했다. 그들에게 들리진 않겠지만, 내 말은 고스란히 내게 돌아와 힘을 주었다. 마법의 주문 같았다.

불타는 가로수 밑을 걸어 내려가고 있는 한 떼의 아이들 가운데 이레가 보였다. 이레는 생수통을 들고 우리 옆으로 바짝 다가섰다. 물을 먹으면 안 돼서 유리와 나는 까치발로 코치와 샘을 살폈다. 안 보이게 팔을 허리에 착 붙인 채 손을 폈다.

"빨리 줘봐."

내가 말해도 이레가 선뜻 주지 못하고 자꾸만 앞을 살폈다. 지난번 경험이 있었기에 샘과 코치 눈에 띄지 않게 하려고 자꾸만 몸을 구부렸다.

"자, 빨리 마셔."

이레가 재빨리 내 손에 생수통을 쥐여주었다. 나는 까치발로 앞을 살폈다.

"어차피 너 키 작아서 안 보이니까 빨리 마셔."

유리가 애가 타는지 내 등을 쿡 찔렀다. 얼른 한 모금 마신 뒤에 유리한테 넘겼다. 살 것 같았다.

"아, 살 것 같다."

이레 생수통은 선영이, 연아까지 한 모금씩 다 마신 뒤 빈 통이 되어 다시 이레한테 돌아갔다. 이레는 빈 통을 흔들며 교문 밖으로 사라졌다. 나는 죽을힘을 다해 앞으로 달려 나가려고 애썼고, 샘은 기필코 막겠다는 듯 버텼다.

'비켜요, 샘. 저 앞에 내 꿈이 있어요. 난 가야 해요.'

나는 샘을 뚫고 나가려 기를 썼다. 그러나 샘은 너무도 힘센 장벽 같았다.

"더 힘 안 써? 더 빨리 다리 쳐."

나는 장벽을 무너뜨리기에는 너무도 미약한 존재였다. 가야 하는데, 너무 약했다. 안간힘을 쓰며 샘을 밀었다. 샘이 서서히 몸에서 힘을 빼더니 길을 터줬다. 힘껏 달려 나갔다.

체육관으로 돌아오는 길이 뿌듯했다. 코치의 선창에 따라 외치는 우리의 구호가 고요한 학교 운동장에 울려 퍼졌다. 석양이 학교 건물 뒤쪽으로 사라지고 있었다.

체육관으로 돌아와 패딩을 벗어 놓고 잠시 쉰 뒤 기록을 쟀다. 땀도 냈겠다, 몸도 유연해졌겠다, 이번에야말로 내 최고 기록을 경신하리라. 각오를 다지고 또 다졌다. 그러나 내 기록은 아주 조금씩 꾸준히 오른 뒤로 몇 주째 제자리였다. 오늘 기록도 그대로였다.

훈련할 때 보면 선영이는 할 것만 하는 데도 기록이 좋았다. 나는 뭐든지 다 했다. 집에서도 틈틈이 스쾃을 하고 윗몸일으키기와 팔굽혀펴기를 해왔다. 그랬는데도 선영이만 못하다는 게 갑자기 서글퍼졌다. 그동안 체육부 친구들과 운동하는 게 너무 행복해서 굳이 들추지 않았던 가슴 속 저 밑바닥에 쌓여 있던 슬픔이 선명하게 다가왔다. 휴, 절로 한숨이 나왔다.

나는 정훈이가 농구연습을 하는 곳으로 갔다. 정훈이는 며칠 앞으로 다가온 시 대항 농구대회를 앞두고 맹렬히 연습 중이었다. 이번 대회에서 이기면 대학에 프리패스할 수 있었다. 정훈이가 농구 하는 모습을 지켜보며 생각에 빠져들었다. '나는 가망 없는 거 아닐까?' 착잡했다.

"우영원, 공 좀!"

정훈이가 소리쳐서 화들짝 생각에서 깨어났다. 농구공이 내 앞으로 굴러와 있었다. 얼른 공을 던져주었다. 힘이 제대로 실리지 않았는지 정훈이한테 한참 못 미쳐 떨어졌다. 공이 저 스스로 정훈이한테 굴러갔다.

유리가 정훈이 모습을 화면에 담고 있었다. 유리는 요즘 틈나는 대로 찍은 체육부 활동 동영상을 정리해서 인스타에 짧게 짧게 올리고 있었다. 처음에는 체육부 친구들이 보고, 코치도 보고, 체육샘들도 봤다. 다들 재밌다고 만족해했다. 조금씩이기는 해도 팔로우가 늘면 기분이 좋았다. 훈련하고 쉬는 시간이면 모여 앉아 동영상을 보면서 댓글을 읽는 것도 재미있었다.

코치가 슬그머니 옆으로 오더니 그동안의 내 기록을 보여주었다. 처음 얼마 동안은 기록이 늘지 않았는데, 어느 정도 시간이 지나자 꾸준히 늘었다. 그러고는 다시 한동안 늘지 않고 있었다. 내가 한숨을 쉬자 코치가 내 기록 옆에 그래프를 하나 그렸다. 슬럼프 곡선이었다.

"이게 운동 곡선 그래프야. 여기 평행선 부분이 지금 네 기록과 같지? 그렇다고 좌절할 필요는 없어. 누구나 이런 슬럼프를 겪어.

홍역을 치르는 거야."

코치가 평행선 부분을 가리켰다.

"이때 자신감을 잃고 자포자기하는 사람이 있고, 목표를 향한 열정으로 끝까지 인내하는 사람이 있어. 자신을 믿고 끝까지 해내는 사람이 여길 벗어나 이 부분에 도달하게 돼."

코치는 볼펜으로 평행선의 끝점을 찍었다가 그 위 사선을 가리켰다.

"너도 곧 여기로 옮겨갈 거야."

유리가 어느새 영상을 찍고 있었다.

"모자이크 안 해도 되지?"

툭 던지듯 말하더니 내 대답은 듣지도 않고 가버렸다.

석식 시간에 혼자 운동장으로 나왔다. 하늘에는 초저녁별이 반짝이고 있었다. 스탠드에 앉아 있자니 서러움이라는 감정이 복받쳤다. 잘하고 싶었는데, 여기서 멈추다니 속상했다. 억울했다. 가슴 아팠다. 코치는 자신감을 가지라고 했지만, 자신감은 바닥을 쳤다. 아무리 해도 지금의 상태를 벗어나지 못할 것만 같아 두려웠다. '이것밖에 안 되는 애였어? 그러면서 그렇게 잘난 척했니?' 내가 너무 미웠다. 너무 보잘것없어서 눈물이 났다.

"네가 우리 체대 입시 기대주다."

체육샘이 했던 말이 되살아나 나를 짓눌렀다. '기대주라는데 어떡해?' 갑자기 몸이 무거워져 나도 모르게 휘청했다. 반짝이던 별들이 흔들렸다. 자주 속이 아파 고생하는 엄마 생각도 났다.

"아까워서 그렇지, 아까워서."

엄마는 그동안 내게 가졌던 기대를 내려놨다. 그러고는 새로운 기대를 품기 시작했다. 그 기대마저 저버리면 안 된다.

새벽녘에 나갔다가 늦은 밤 파김치가 되어 들어오는 아빠 생각도 났다.

"우리 딸, 베스트 드라이버야."

아빠는 언제나 나를 믿어주었다. 아빠의 믿음을 깨고 싶지 않았다. 이런저런 생각에 눈물이 걷잡을 수 없이 흘렀다. 저절로 어깨가 들썩거렸다. 한참을 울고 있는데 누군가 내게 다가오는 게 보였다. 나는 얼른 눈물을 훔쳤다.

"여기서 뭐 해?"

재호가 다가와 내 옆에 앉았다. 내 한쪽 손을 가져가더니 조각 파이를 쥐여주었다.

"이거 먹어. 밥도 안 먹었잖아."

그러더니 내 머리를 쓰다듬었다. 재호 목소리가 미풍처럼 부드러웠고, 쓰다듬는 그 손길에 온기가 느껴졌다. 재호가 일어나 걸어가다 말고 뒤돌아서서 소리쳤다.

"네 눈, 토끼 눈처럼 빨개!"

그러고는 달려갔다. 나는 재호가 사라질 때까지 뒷모습을 바라보고 앉아 있었다. '그래도 저런 친구도 있잖아.' 애써 나 자신을 위로했다. 어느새 내 입가엔 미소가 어렸다. 조각 파이를 보니 쪽지가 붙어 있었다.

"네가 걷는 걸음마다 별이 반짝이기를."

하늘 저 멀리서 별들이 반짝이며 빛나고 있었다.

엄마가 없는 곳에서

"너 울었어?"

숨기려고 했는데, 자칭 뒤통수에도 눈이 달렸다는 엄마한테는 무엇이든 쉽게 들통이 났다.

"아냐."

"아니긴. 왜 울었는데? 성적 떨어져서 그래?"

나 좀 내버려 두라니까. 엄마는 아직도 내 성적에 매여 있었다. 제발 내 학교 성적은 나한테 맡기고 엄마의 인생 성적이나 책임질 것이지.

"그러니까 공부 좀만 더하지."

저런 말을 '밥 좀 더 먹지'처럼 아무렇지 않게 할 수 있다니 놀랍다, 진짜.

"그놈의 공부, 공부, 공부. 아예 나를 공부로 낳아놓지, 왜?"

나는 표독스럽게 대들었다. 여태 한 번도 이런 적이 없었기 때문에 엄마는 어지간히 놀라는 눈치였다.

"너 정말 거시기할래?"

"내가 뭐?"

지지 않고 맞섰다.

"이그, 내가 못 살아!"

"이그, 나도 못 살아!"

나는 문을 쾅 닫고 집을 나와버렸다. 정처 없이 걷다 보니 어느새 교문 앞이었다. 야자를 하러 갈까 망설이다가 체육관으로 갔다. 주장과 재호가 뛰어나오다가 나와 부딪칠 뻔했다.

"야자 같이 갈래?"

"아니, 오늘 안 갈 거야. 나 잠깐 여기 있다가 집에 갈게."

"그럼 문 닫고 가. 오늘 샘이 일찍 가셨어."

주장이 체육관 열쇠를 내게 주고 갔다. 나는 얼른 여자 탈의실로 들어가 문을 잠갔다. 채 마르지 않은 빨래 냄새, 화장품 냄새, 벗어두고 오랫동안 빨지 않은 옷에서 날 법한 땀 냄새까지 익숙한 냄새들이 뒤섞여 물씬 풍겼다. 나를 증명해 주는 냄새였다. 어쩌면 어른들이 말하는 고향의 냄새가 이런 거 아닐까. 언젠가 맡을 수 없을 때 간절하게 그리워질 냄새였다. '여기서 살면 좋겠다. 집은 너무 갑갑해.' 집 생각이 나자 가슴이 답답해졌다. 그때 재호가 준 조각 파이 생각이 났다. 파이를 꺼냈다. 쪽지를 다시 읽어보았다.

"네가 걷는 걸음마다 별이 반짝이기를."

그랬으면 좋겠다. 내가 걸을 때마다 별이 반짝이면 얼마나 좋을까. 그런데 현실은 내가 걸을 때마다 똥물만 튀기는 것 같았다. 나는 조각 파이를 먹으며 요약 노트를 폈다. 집 생각, 엄마 생각, 대학, 기록. 얽히고설킨 실타래처럼 뒤엉켜 나를 괴롭히는 잡다한 생각을 떨쳐버리려 세차게 머리를 흔들었다.

"자, 이제 공부를 시작하는 거야. 다 괜찮아. 다 잘 될 거야."

나는 내게 주문을 걸었다. 주문이 나를 마법에 걸리게 했는지 어느새 공부에 빠져들었다. 서서히 허리와 고개가 아파서 기지개를 켜고 있을 때였다. '똑똑' 노크 소리가 들렸다. 순간 나는 움직임을 멈추었다. 가슴을 앞으로 쑥 내밀고, 두 팔을 쭉 뻗어 올리고, 입을 떡 벌린 채였다. '똑똑' 다시 노크 소리가 들렸다. 저렇게 노크한다는 건 체육부 여자애들은 아니라는 거였다. 그럼 누구지? 가만가만 입을 다물고 자세를 바로 했다. 숨죽이고 있으려니 오히려 숨소리가 더 크게 들렸다.

"누구 없어요?"

재호 목소리였다. 바짝 긴장했던 맘이 스르르 풀리면서 몸도 풀렸다.

"나 있어."

"영원이 아직 있었네."

"응, 다른 애들은?"

"야자 끝나서 다 갔어."

"근데 왜 왔어?"

"너 무서울까 봐."

"내가 애니? 무섭게."

"애처럼 키는 작잖아."

"죽을래?"

"농담, 농담. 괜찮아?"

"뭐가?"

"아니 그냥."

"안 괜찮아."

"너무 다 잘하려고 하지 마."

"엉?"

"그렇잖아. 체대 입시 훈련하면서 너처럼 공부 잘하려면 얼마나 힘들겠냐?"

재호 말에 갑자기 눈물이 핑 돌았다. 고개를 들고 눈을 꾹 눌렀다. 나는 그동안 엄마를 태우고 달리는 말이었다. 엄마는 내가 조금이라도 느리게 달리면 속도를 높이라고 채찍질을 해댔다. 나는 어디로 달리는지도 모른 채 달려왔다. 이제는 엄마를 내 등에서 내려놓았다. 엄마는 이제 혼자서 달려야만 한다. 엄마가 달려가는 곳이 어디든 분명한 건 엄마의 길이라는 것이다. 엄마처럼 나도 혼자서 달려야만 한다. 엄마가 아닌 나, 우영원을 등에 태우고 엄마가 아닌 내가 원하는 곳으로 달려가야 한다. 자유롭고 행복한데, 조금 두렵기도 했다.

　"와, 저 별들 좀 봐."

　재호가 감탄 어린 환성을 내질렀다. 나는 얼른 블라인드를 올렸다. 쪽창으로 별이 쏟아져 들어왔다. 수많은 별이 하늘을 수놓고 있었다.

　"와, 예쁘다."

　별에 취해 우리는 한동안 말이 없었다. 한참을 그렇게 보고 있자니 알퐁스 도데 《별》의 마지막 구절이 떠올랐다. 가만가만 읊었다.

　"두 사람을 둘러싸고 별들은 양 떼처럼 여전히 조용한 걸음을 옮겨 갔다. 그리고 몇 번이고 나는 이 별 가운데 가장 예쁘고 가장 빛나는 별 하나가 길을 잃고."

마지막 문장은 재호와 함께 읊었다.

"나의 어깨에 기대어 잠들어 있다고 생각했다."

뭔가 통하는 기분이 들었다.

"너도 이 마지막 문장 외우네?"

"응, 남자 화장실에 붙어 있는 거야."

"푸하하하."

우리는 서로 조금 떨어진 곳에서 각자 다른 별을 보고 있었는지도 모른다. 그런데도 우리는 마치 어깨를 마주 대고 같은 별을 보고 있는 느낌에 사로잡혔다. 스테파네뜨와 목동처럼.

대학 들어가기도 전에 아빠를 사랑하고 일찌감치 결혼한 엄마를 조금은 이해할 수 있을 것 같았다. 사랑은 모든 걸 초월하는 힘이 있다는 걸 우리는《별》과 다른 많은 작품을 통해서 배웠다. 다만 그것을 확장해 실생활에 적용하지 못했을 뿐이다. 아깝게도 우리는 너무도 많은 훌륭한 배움을 사용하지 않고, 그대로 묵히는지도 모르겠다.

어쨌든 나는 엄마가 없는 곳에서 모처럼 편안하고 아름다운 밤을 보냈다. 비록 짧은 시간이었지만, 깊은 밤에 엄마가 곁에 없다는 게 그렇게 홀가분할 수 없었다.

시 대항 농구대회가 우리 학교 체육관에서 열렸다. 체육샘들 모두 심판이 되어 활약했고, 코치와 주장이 보조 역할을 했다. 우리는 허드렛일을 거들며 정훈이 경기를 눈 빠지게 기다렸다.

드디어 우리 시와 B 시 대항 경기가 시작되었다. 정훈이의 활약은 단연 돋보였다. 기대주다웠다. 정훈이는 공을 가볍게 튀기면서 요리조리 선수들 사이를 누비고 다녔다. 슛할 때는 발바닥에 스프링이라도 단 듯 높이 튀어 올라 정확하게 슛을 넣었다. 우승이 코앞이었다. 정훈이가 막 슛하려는 순간 상대편이 막으려다가 정훈이 손을 세게 쳤다.

"악!"

정훈이가 비명을 지르며 주저앉았다. 경기는 중단되었다. 보건샘이 달려가 정훈이 손을 살폈다. 정훈이는 끔찍한 앓는 소리만 냈다. 보건샘이 정훈이 손을 살펴보더니 손가락이 나갔다고 했다. 그 말에 우리는 모두 비명을 내질렀다.

보건샘이 살피는 내내 아파하던 정훈이가 갑자기 괴상한 소리를 질러댔다. 슬픔, 분노, 좌절 같은 감정이 한꺼번에 폭발하면 날 것 같은 그런 소리였다. 그 소리에 내 마음이 다 찢어지는 듯했다.

구급대가 와서 정훈이를 병원으로 싣고 떠났다. 구급차에 실려 간 뒤 정훈이는 며칠이 지나도록 체육관에 나타나지 않았다. 우리는 정훈이 소식이 궁금했지만, 샘은 그저 괜찮다는 한마디만 전할 뿐 더 이상 아무 말도 하지 않았다. 정훈이한테 전화해도 받지 않았다. 전화를 받지 않으니 더 걱정이 되었다.

체육부 훈련 끝나고 저녁 먹으러 가는데 뭔가 허전했다. 이리저리 둘러보다가 겉옷을 체육관에 두고 온 게 생각났다. 나는 되돌아 뛰었다. 체육관 농구대 앞에서, 오른손에 깁스한 정훈이가 왼손으로 농구공을 만지작거리고 있었다. 정훈이가 고개를 돌렸다. 내 눈과 마주치자 공을 휙 던져버렸다.

"정훈이 왔네?"

"학교엔 엄마가 없어서 좋았는데."

내 물음에 정훈이가 쓰게 웃으며 난데없는 말을 했다.

"응? 아……."

나는 금세 정훈이 마음을 알아차렸다. 엄마가 옆에 있다는 생각만으로도 부담스럽고 갑갑해진 것이다. 너도 나와 별반 다르지 않구나. 절로 고개가 끄덕여졌다. 마음을 들킨 것 같아 겸연쩍어진 나는 얼른 물었다.

"수술했다며?"

정훈이는 "응"이라고 짧게 대답했다. 뭐라고 위로해야 할지 몰랐다. 섣불리 위로했다가 오히려 상처가 덧날 수도 있어서 조심스러웠다.

"당분간 농구는 힘들 것 같대."

저만큼 굴러가 있는 공을 보는 정훈이 눈빛이 어두워졌다.

"손가락 다 나으면 다시 하면 되지."

내 말에 정훈이는 "늦지" 하며 한숨을 내뱉었다. 가장 잘할 수 있고, 가장 자랑스러운 그 무엇이 갑작스레 아킬레스건이 되는 경우는 많았다. 가릴 수도 버릴 수도 없는 가장 취약한 단점이었다.

"농구 말고는 잘하는 게 없는데."

자신에 대한 평가가 틀릴 때도 있다.

"농구만 잘하는 건 아니지. 너 운동 다 잘하잖아. 다 좋아하고."

타인의 평가가 더 정확할 때도 있다. 정훈이가 운동하는 모습을 보면서 나는 이따금 생각했었다. '쟤도 나만큼이나 이 시간이 행복한가 보다'라고.

"운동이라면 다 좋긴 해."

정훈이가 수줍게 웃었다. 오랜만에 보는 모습이었다. 막혔던 속이 뚫리는 기분이 들었다.

"우리랑 같이 운동하자. 운동하다 보면 손도 좋아지겠지."

정훈이는 이렇다 저렇다 선뜻 대답하지 않았다.

석식을 먹으러 가면서 뒤돌아보니 정훈이는 아주 천천히 교문을 향해 내려갔다. 어깨가 축 처져 있었다.

한동안 정훈이를 보지 못했다. 어쩌다 복도에서 마주치는 일조차 일어나지 않았다.

"정훈이 학교 관둔대."

정훈이와 같은 반 친구한테 들었다며 성근이가 말했다. 다들 어안이 벙벙한 얼굴로 성근이를 바라봤다. 모두 잘못 안 거 아니냐며 믿으려 하지 않았다.

"아냐, 확실히 자퇴한다고 했대."

확신에 찬 목소리였다. 엄마가 없어서 학교가 좋다는 정훈이 말이 자꾸만 생각났다.

"형, 정훈이 자퇴한대요."

코치가 왔을 때 주장이 말했다. 코치는 한참을 심각한 얼굴이더니 대열을 갖추라고 주문했다. 우리는 코치 말대로 열 맞춰 섰다.

"오늘은 정훈이네 집까지 달린다."

코치 구령에 맞춰 정훈이네 집을 향해 달렸다. 달리는 우리를 보고 사람들이 신기한 눈으로 바라봤다. 정훈이네 집 앞에 다다랐을 때 우리는 모두 숨이 턱까지 찼다. 무릎을 잡고 심호흡을 했다. 하늘을 보고 뜨거운 숨을 토하기도 했다. "남정훈! 같이하자!" 코치의 지시에 따라 정훈이 들으라고 외쳤다. 들었는지 못 들었는지 정훈이는 꿈쩍도 하지 않았다. 그래도 우리는 포기하지 않았다. 매일 달리기 코스는 정훈이네였다.

유리가 올린 인스타 동영상 팔로우와 댓글이 눈에 띄게 늘었다.

"이것 봐. 얘 정훈이야."

유리 말에 다들 머리가 닿을 정도로 모여들었다.

"다들 행복해 보임."

다들 정훈이가 단 댓글을 읽으며 정훈이가 체육부에 돌아오고 싶은 거라고 떠들어댔다.

"앤 우리처럼 운동해야 행복한 애야."

누군가의 말에 우리 모두 숙연해졌다.

땀을 내기 위해 패딩을 입고 운동장에 모였다. 정훈이네를 향해 또 달릴 참이었다. 벌써 일주일 넘게 정훈이네로 달려가 우리 뜻을 전하고 돌아왔다. 비록 허공에 흩어지긴 했지만. 막 달리려는데 저 멀리 등굣길에서 정훈이가 우리를 내려다보고 있는 게 보였다. 아직 깁스는 그대로였다. 멀리서도 정훈이가 우리와 함께하고 싶어 한다는 게 느껴졌다.

"저기, 정훈이야."

유리에게 말하고 같이 손을 흔들었다. 정훈이는 못 본 채 교문을 향해 걸어 내려갔다.

"주장, 저기 정훈이!"

나는 정훈이가 사라져 버릴까 봐 애가 탔다. 유리도 발을 동동 굴렀다.

"형, 정훈이!"

주장이 코치에게 소리쳤다.

"대열, 정훈이한테 뛰어갓!"

우리는 열 맞추어 달려가 정훈이를 빙 둘러쌌다.

"왜 안 오고 그냥 가?"

코치가 정훈이 어깨에 살짝 손을 얹으며 말했다.

"오늘부터 운동해."

코치 말이 끝나자마자 우리도 같이하자고 졸랐다. 정훈이가 머뭇거렸다.

"자, 다들 운동장 열 바퀴!"

코치 말에 우리는 망설이는 정훈이를 데리고 달렸다. 정훈이는 마지못해 천천히 달렸다. 우리도 정훈이와 보조를 맞추어 천천히 달렸다. 오늘따라 유난히 몸이 가볍게 느껴졌다. 정훈이는 몇 바퀴만 돌고 스탠드에 앉아 우리가 달리는 모습을 지켜봤다.

달리기를 끝내고 체육관으로 가서 우리는 정훈이가 할 수 있게 버피테스트를 빼고 팔굽혀펴기를 했다. 정훈이는 한쪽 팔로 팔굽혀펴기를 했다.

둘씩 짝지어서 왕복고깔달리기 10미터를 했는데, 정훈이가 주장과 짝이 되었다. 우리는 체육복을 이용해 정훈이 팔을 아예 몸에 붙여버렸다.

"이렇게 하면 손가락이 흔들리지 않을 거야."

우리의 정성에 정훈이는 멋쩍은지 자꾸 머리를 긁적였다. 주장이 갑자기 늙어버린 사람처럼 천천히 달려서 다들 오버하지 말라고 소리 지르며 웃어댔다.

나와 유리가 짝이 된 팀이 꼴찌를 하는 바람에 스타일 완전 구겼다.

"아유, 찬우가 있으면 개 팀이 꼴찐데."

찬우는 요즘 거의 나오지 않고 있었다. 아르바이트를 늘려서 정신없는 모양이었다. 시내에서 춤추며 광고지를 나눠 주는 찬우를 만났다는 이야기가 심심찮게 들렸다. 혼을 빼놓은 듯 신나게 춤추는 찬우가 더할 나위 없이 행복해 보이더라는 이야기와 함께였다.

몇 날 며칠을 계속 정훈이는 빠지지 않고 우리와 함께 운동했다. 정훈이 표정이 처음보다 훨씬 밝아져서 마음이 놓였다. 시간이 약이라는 상투적인 말이 진리일 수도 있겠다는 생각이 들었다. 날이 갈수록 정훈이 부상이 서서히 치료되고 있었다. 그와 동시에 정훈이 마음도 서서히 치유되고 있는 것처럼 보였다. 적어도 내겐 그렇게 보였다.

나는 부상이라는 아픔을 딛고 최선을 다하는 정훈이를 보면서 부끄러웠다. 다친 것도 아닌데, 누구나 겪는 슬럼프에 빠져 허우적대기만 하는 내가 한심했다. 나도 정훈이처럼 다시 열정을 다해야겠다고 다짐했다.

그러고 보면 우리는 서로에게 배우기도 하고, 서로를 질투하며 자신을 채찍질하기도 하고, 위로하고 응원해 주기도 하며 함께 성장하고 있었다. 이제는 눈에 띄게 키가 크지 않는 것처럼 우리 내면의 성장도 눈에 보이지는 않는다. 그래도 우리는 아주 조금씩 자라고 있었다.

"우리 다 같이 사진 찍자."

누군가의 제안에 우리는 기다렸다는 듯이 머리를 매만지고, 옷매무새를 고치는 등 야단법석을 떨고는 우르르 학교에서 제일 경치 좋은 곳을 찾아 나섰다.

"등굣길이 제일이야."

우리는 앞다투어 등굣길로 달려갔다. 빨간 단풍나무 가로수 사이에 서서, 똑같은 남색 체육부 옷을 입은 우리는 하나같이 주먹을 불끈 쥔 채 환하게 웃었다. 우리는 우렁차게 체대 구호를 외쳤다. 우리의 외침은 멀리멀리 퍼져 나갔다.

체육관에서 저마다 카톡으로 받은 사진을 보며 웃고 떠드는데, 체육샘이 나타나 하는 말.

"고놈들 청소 잘하게 생겼다."

체육샘 말에 우리 모두 얼어붙었다. 아니나 다를까.

"오늘 대청소 좀 해. 너무 지저분하다."

체육샘의 한 방!

대청소하라는 말에 투덜거리기는 했어도 모두 열심히 청소했다. 탈의실에 있는 빨래를 가져다가 남자 샤워실에서 빨았다. 남자 샤워실이 여자 샤워실보다 몇 배는 더 커서 빨래하기 편했다. 선배들과 그만둔 동료가 두고 간 옷까지 샅샅이 찾아내 한데 모으니 산더미였다. 우리는 쪼그리고 앉아 그것들을 비벼대고 헹궈댔다. 정훈이는 하지 말라고 해도 말을 듣지 않고 애들이 빨아주면 옷걸이에다 걸어서 탈의실에 갖다 널었다. 요즘 정훈이는 예전 같지는 않아도 많이 밝아졌다. 언젠가 손이 다 나으면 예전의 정훈이로 돌아갈 수 있을지도 모른다.

점프하다

"오늘은 오봉산에 오른다!"

오봉산은 학교 뒷산이다. 해발 200미터가 조금 넘는 낮은 산이지만 험난한 구간이 많아서 오르기 마냥 쉬운 건 아니었다.

"넘어지면 어떡해요?"

샘은 우리 걱정을 단칼에 잘라버렸다.

"평지에서 달리다 넘어진 애는 있어도 산에서 넘어진 애는 없다. 산을 달릴 때는 안 넘어진다."

"왜요?"

"애매하게 위험한 데서 사고 나지. 진짜 위험한 데서는 사고 안

나.”

샘이 다시 한번 당부했다.

“주장 잘 따라가고, 여자애들 떨어지지 않게 잘 보면서 맞춰 달린다. 알았나?”

“네!”

우리가 대답하자마자 샘이 팔을 머리 위로 쭉 뻗어 스톱워치를 들어 올렸다.

“출발!”

우리는 운동장 한가운데서부터 달리기 시작했다. 주장이 맨 앞에서 달리고, 남자애들이 주장 뒤를 바싹 따라 달렸다. 남자애들 뒤를 여자애들이 달렸다. 코치는 맨 뒤에서 달렸다. 주장이 이끌고 코치가 보호하는 대열이었다.

등굣길을 내려가 학교 담장을 끼고 오른쪽으로 반쯤 돌아야 오봉산 입구에 닿을 수 있었다. 평평한 길을 벗어나 산길로 접어들자 가팔라졌다. 달려가는 것이니만큼 신경이 곤두섰다. 샘은 안 넘어진다고 장담했지만, 자칫하면 넘어질 수 있겠다는 생각이 들었다. 한 발 한 발 디딜 때마다 조심스러웠다. 앞에서 달리는 주장은 자주 뒤를 돌아보며 우리가 잘 따라오는지를 살폈다.

깔딱고개에 닿았을 때 주장은 눈에 띄게 속도를 늦추었다. 깔딱고개를 오르면서 유리가 넘어질 뻔했다.

"나 넘어졌어. 더 못 가."

숨을 헐떡거리며 내 팔을 잡았다.

"엄살떨지 마. 넘어진 게 아니라 넘어질 뻔한 거야."

넘어질 뻔한 애들은 유리 말고도 많았다. 넘어질 뻔은 했지만 넘어지지는 않았다. 샘 말이 맞았다. 진짜 위험한 데서는 사고가 나지 않았다. 어쩌면 그 말은 샘의 간절한 바람이었는지도 모르겠다. 그 바람이 우리에게 최면을 걸어 안전하게 이끌어주었다.

정상에 가까워지자 죽음의 계단이 나타났다. 가파른 계단을 달려서 올라가자니 다리가 후들거렸다. 죽음의 계단, 말 그대로 죽을 만큼 힘들었다.

"나 안 되겠어."

유리가 또 죽는소리를 했다.

"여기 죽음의 계단이야. 여기서 포기하면 어떻게 될지 몰라."

겁 많은 유리에겐 겁을 주는 것보다 좋은 특효약은 없었다. 유리는 잔뜩 겁을 먹고 구시렁거렸다.

"누가 뭐래? 포기하면 안 되겠다는 거지."

유리는 헛기침하며 자세를 바로했다.

험난한 깔딱고개도, 죽음의 계단도 우리는 겁내지 않고 한 발 한 발 내디뎠다. 우리는 우리의 점프가 정상으로 이어질 거라는 걸 안다. 그러기에 주저앉지도 포기하지도 않았다. 서로 격려하고 서로 응원하며 끝끝내 정상에 닿을 것이다. 저 앞에 정상이 우리를 기다리고 있었다. 죽음의 계단을 지나 억새가 빼곡한 길을 달려가자 드디어 정상이 눈앞에 나타났다.

"저 앞이 정상이야. 힘내자!"

주장이 손나팔을 만들어 외쳤다. 정상에 이르자 모두 숨이 턱에 닿아 헐떡거렸다. 몹시 목이 탔다. 페트병 들 힘도 없을 거라고 다들 물을 챙겨오지 않았다. 초미니 생수통이라도 가져올걸.

"짜잔!"

주장이 1리터짜리 생수를 크로스백에서 꺼냈다. 우리는 한 모금씩 돌려 마셨다. 한 모금이라도 마시니 살 것 같았다. 하지만 물 한 모금으로는 벌겋게 달아오른 얼굴을 식히기에 역부족이었다. 다들 손부채질을 하느라 바빴다.

"이건 뭐니? 이건 뭐니? 뭐니이이~?"

유리가 벌겋게 부푼 얼굴이 재밌다며 한 명 한 명 얼굴을 가리키며 노래했다. 숨이 모자라는 판국에 노래라니? 이젠 참 신기하고 신비롭기까지 한 유리였다. 강화유린가? 한 명 한 명한테 토마토, 딸기, 체리, 사과, 왁스애플, 워터애플 등 순 빨간색 과일이름을 붙이며 깔깔거렸다.

"야호!"

누군가 외치자,

"야호오오~!"

맞은편 산에서 메아리가 화답해 주었다. 너도나도 야호를 외쳤다. 야호를 외치는 일, 아무것도 아닌 일이 그 순간에는 꼭 해보고 싶은 소원처럼 다가왔다.

"야호오오오!"

나는 누구 목소리보다 멀리 나아가라고 크게 외쳤다.

"야호오오오오오~!"

저 멀리서 어김없이 메아리가 쳤다. 나는 땀 흘리며 힘겹게 정상을 찍은 우리의 오늘이, 미래의 어느 날 메아리가 되어 우리에게 돌아와 줄 것을 기도했다.

"우리 여기서 다 함께 점프하자. 저 하늘까지 닿게."

다 같이 모여 서서 점프했다. 우리의 머리가 쿵 하고 하늘에 닿을 듯했다. 미래의 어느 날, 힘들고 지쳐 쓰러질 때 오늘의 점프를 떠올리며 다시금 일어나 점프할 수 있기를 바랐다.

점프한 뒤 다시 대열을 갖추고 산에서 내려왔다. 산밑에서는 다시 달렸다. 대열을 흐트러뜨리지 않고 학교로 들어섰다. 운동장에서 서성거리던 체육샘이 우리를 보자 스톱워치를 들었다가 내리며 외쳤다.

"16분!"

16분이라니? 엄마 아빠랑 등산할 때는 왕복 1시간이 족히 걸렸었다. 앗싸, 다음엔 15분일 거다. 또 달리고 싶어졌다. 한 번 달릴 때마다 1분씩만 앞당긴다면 열 번 만에 5분이라는 꿈같은 결과를 낳을 수도 있었다.

"기적이야."

유리는 자기가 기적을 이뤘다고 얼굴에 웃음꽃을 활짝 피웠다. 아닌 게 아니라 기적 같았다.

체육관에 들어오자 기적에 대한 기대감이 긴장감으로 바뀌었다.

"주장, 저쪽에 버저왕복달리기 20미터 준비해줘."

버저왕복달리기는 주장이 먼저 시범을 보였다. 고깔왕복달리기와 별다른 건 없었다. 고깔 대신 버저가 놓였고, 버저를 손바닥으로 누른 후 되돌아와야 한다는 것만 달랐다.

내 차례가 되었을 때 나는 있는 힘껏 달렸다. 달리기는 빠른데 다리에 근육이 붙지 않은 탓에 버저를 누른 뒤 발로 차고 나가는 힘이 여전히 약했다. 아직도 내가 해결하지 못한 아킬레스건이 문제였다. 기를 쓰고 달리는데 샘이 달려와 내 손을 잡고 달렸다.

"더 빨리!"

체육샘이 외치면 나는 메아리가 화답하듯 속력을 냈다.

"세게 발을 차!"

샘이 어찌나 빠른지 정신이 하나도 없었다.

"더 빨리."

"더 세게 차."

"더 빨리."

"더 세게 차."

샘은 끝까지 내 손을 잡고 달렸으며 쉴 틈 없이 나를 부추겼다. 나는 언제까지라도 샘 손을 잡고 달리고 싶었다. 그러나 나는 언젠가, 아니 당장이라도 샘 손을 놓고 혼자 달려야만 한다. 나 혼자 짊어져야 하는 내 짐이고, 나 혼자 이겨내야 하는 내 아킬레스건이었다.

샘과의 버저왕복달리기가 끝나자 아이들은 샘 다리가 다 나은 것 같다며 좋아했다.

"너희들 운동할 때 옆에서 운동했더니 이렇게 다 나았다."

우리는 샘을 둘러싸고 환호성을 내질렀다. 샘의 다리가 다 나은 것도 기뻤지만, 나는 샘이 내 손을 잡고 함께 달려주었다는 사실이 감격스러워 자꾸만 가슴이 두근거렸다. 언제 어디서 달리든 샘과 달리던 감각을 되살려 힘껏 달릴 수 있을 것만 같았다.

한껏 부풀었던 오봉산이 시나브로 부피를 줄이고 있었다. 울긋불긋 곱던 산빛이 갈색으로 변해갔다. 어느덧 선선해진 바람이 얼굴을 스치고 목덜미로 스며들자 진저리가 났다. 해가 솟아오르면서 햇살이 사방으로 퍼지고 있었지만 추위는 여전했다. 나는 옷

깃을 여미며 부지런히 학교로 향했다. 오늘 전교생 백일장이 있을 예정이었다. 나올 법한 주제를 잡아서 글을 몇 편 써봤다. 여름방학에 써둔 글과 어제 쓴 글을 다시 읽어보고 정리하려고 서둘러 학교에 가는 길이었다. 일찌감치 가면 새벽바람에 정신이 맑아지고, 학교가 조용해서 집중이 잘 됐다.

교문을 들어서며 올려다본 등굣길에 어느새 낙엽이 뒹굴고 있었다. 바람이 언뜻 불 때마다 나뭇가지에 붙어 있던 나뭇잎이 흩날렸다. 등굣길은 비가 와도, 눈이 쌓여도, 단풍이 들어도, 낙엽이 져도 다 아름다웠다. 이 아름다운 등굣길을 언제까지나 걷고 싶다는 생각이 들었다. 그런 생각이 들 때마다 체육선생님이라는 내 꿈이 더욱 절실하게 다가왔다.

무심코 운동장으로 고개를 돌리니 한 남학생이 상체를 구부린 채 무언가를 쓰고 있었다. 이른 아침 햇살이 운동장에 퍼지는 시간, 맑은 햇살을 받으며 낙서 중인 남학생은 마치 자신을 잊은 듯 보였다. 누가 저토록 무아의 경지에서 낙서를 하나 싶어서 자세히 보니 재호였다. 재호는 나뭇가지로 하트를 그리고 있었다. 순간 작년 겨울 눈 위에 그려진 하트가 떠올랐다. 심장이 콩닥콩닥 뛰었다. 나는 들키지 않게 몸을 감추며 얼른 교실로 들어왔다. 교실에는 아무도 없었다. 떨리는 가슴을 들키지 않아도 되어 다행이었다. 창문가로 가보았다. 혹시라도 재호가 올려다볼까 봐 커튼에 몸을 숨긴 채 내려다봤다.

재호는 하트를 그리고 한참을 들여다봤다. 무슨 생각을 골똘히 하는가 싶더니 하트 안에 글씨를 쓰기 시작했다. 나뭇가지 끝에서 내 이름이 나왔다. 이름 아래 '바보'라는 글자도 나타났다. "헐!" 내 입에서 바람 빠지는 소리가 새 나왔다.

자기가 쓴 걸 한참 보고 있던 재호가 발로 싹싹 다 지워버렸다. 그러고는 나뭇가지를 휙 던지고 걸어갔다. 아무 일 없었다는 듯 태연히 걸어가는 재호를 보니, 내가 본 게 실제인지 상상인지 헷갈렸다. 나는 재호가 사라진 운동장을 하염없이 바라봤다. 정갈한 햇살이 가득 퍼지고 있었다. 하트면 하트지, 왜 바보일까? 햇살이 눈을 찔렀다.

미리 쓴 글을 반복해 읽어보며 정리하려고 일찍 왔건만, 생각보다 잘 되지 않았다. 머리가 자꾸만 공회전했다. 글자 사이사이로 재호의 낙서가 명멸했다.

백일장은 예전과 다른 새로운 형태였다. '수요일 급식'이라는 문장으로 오행시를 짓는 거였다. 쉬워 보였는지 애들이 좋아했다. 마냥 좋아할 일이 아니었다. 오행시 짓기는 생각보다 어렵다. 차라리 한 가지 주제로 운문이든 산문이든 쓰는 게 훨씬 쉬울 것 같았다.

'수'나 '요', '일'로 시작하는 글은 어렵지 않지만, '급'이나 '식'

으로 시작되는 글은 쉽지 않다. 그뿐만이 아니다. 각 행과 행이 따로따로 놀면 안 된다. 행과 행이 일관성 있게 연관되어 하나의 주제를 나타내야 한다. 아무리 머리를 쥐어짜도 좋은 생각이 떠오르지 않았다. 노트에 주어진 글자를 세로로 또박또박 써놓고 가만히 들여다봤다.

　수요일에는 다른 요일보다 급식이 훨씬 맛있다. 돈가스, 치킨, 불고기, 햄버거, 스파게티, 피자, 짜장면, 짜장밥, 탕수육까지 애들이 좋아하는 건 다 수요일에 나온다. 다들 수요일에는 신바람이 나서 급식을 먹었다. 수요일 급식에 얽힌 이야기는 다른 애들도 많이 쓸 것 같았다. 뻔한 이야기는 쓰지 않는 게 현명하지.

　나는 생각에 생각을 거듭하고 쓰기 시작했다. 몇 번이고 썼다 지우기를 반복했다. 별별 이야기가 다 만들어졌다. 우습기도 하고 유치하기도 했다. 행과 행이 연결되지 않고 따로 놀기 일쑤였다. 도무지 제대로 된 오행시가 될 기미가 보이지 않았다. 몇 번을 거듭한 끝에 마침내 마음에 드는 첫 행을 쓸 수 있었다. 이렇게 다섯 번째 행까지 완성했다. 짧은 길이에 비해 굉장히 어려운 과정이었다.

　수많은 아이 중에 내가 와줘서 고맙다더니
　요만큼밖에 못하냐고 다그치나요.

일 등만 사랑하지 말아요.

급하게 뛰지 않을래요, 넘어질 수 있으니까. 세상 사는 게

식은 죽 먹기는 아니잖아요.

나는 오행시를 다시 또박또박 적어서 엄마한테 가져다주었다.

"흐메, 그려. 나가 미쳐부렀는갑다. 어린 널 업고 나가면 참말로 거시기했는디."

평소 잘 쓰지 않던 사투리가 튀어나오나 싶더니 엄마 목소리가 젖어 들었다. 엄마는 내가 어렸을 때 종종 이렇게 말하곤 했다. 나를 업고 사거리에 서 있는데 그렇게 자랑스러울 수가 없었다고. 차 타고 가는 사람들도 걸어가는 사람들도 다 부러운 눈으로 쳐다보는 것만 같더라고.

"아따, 쬐깐한 가스나가 은자 요로코롬 커부렀냐이."

엄마가 오행시를 식탁 유리 밑에 끼워놓았다.

"나도 막말해서 미안."

나는 슬그머니 사과했다.

축제가 가까워지면서 학교가 들떴다. 우리 체육부는 공연준비에 바빴다. 아이돌 음악에 맞춰 추어야 하는 춤은 쉽지 않았다. 틈나는 대로 연습하는데도 나는 매번 서툴렀다.

"야, 그게 아니잖아. 이렇게 하란 말이야."

춤을 잘 추는 유리는 춤동작이 유연하고 정확한데, 춤에는 젬병인 나는 버벅거리기 일쑤여서 여러 번 지적당했다. 아무리 잘하려고 해도 나는 늘 한 박자씩 느렸다.

"안 되겠다. 너는 특별강습 받아라."

유리한테 특별강습까지 받아서 간신히 다른 아이들과 맞출 수 있었다.

축제 날 유리, 이레와 함께 혜린이 그림 먼저 관람했다. 안 보는 사이 혜린이 실력은 눈에 띄게 좋아졌다. '내 운동 실력은 아직 멀었는데……' 이런 생각이 들자 조금 불안해지기 시작했다. '괜찮아. 아직 시간 있어.' 애써 나 자신을 타일렀다.

혜린이 작품을 보고 이레와 헤어진 우리는 체육부 공연준비를 하러 갔다. 몇 번이고 춤을 맞춰보고 나서 우리 여자애들 넷이서 화장품을 가져와 남자애들 배에 복근을 그려주었다. 체육부 춤 공연의 하이라이트인 단추 뜯기에서 관객들의 감탄과 환호성을 끌어내려면 남자애들 복근이 실제처럼 보여야 했다. 그야말로 야성미 넘쳐야 했다. 우리 넷은 갖은 정성을 다했다.

"너 완전 멸치야. 네가 뭘 모르는데 여자애들은 말이야. 멸치도 복근 쩌는 멸치만 좋아해."

유리는 입으로 복근을 그리는지 쉬지 않고 떠들어댔다. 말랐으면 말랐다고 타박.

"넌 아저씨도 아닌데 웬 뱃살? 이러다 연애도 못 하고 진짜 아저씨 된다."

쪘으면 쪘다고 타박.

"내가 너희들 완전 복근 왕으로 만들어줄게. 애프터 들어오면 다 내 덕인지 알아라."

공치사까지 쉴 새 없이 쫑알거리는 유리 때문에 더 재미있고 정다운 기운이 넘쳐흘렀다.

선영이가 재호에게 복근을 그려주겠다고 했지만, 재호는 나한테 그려달라고 했다. 선영이가 픽 토라져서 저만큼 가버렸다. 재호 복근을 그리는 내내 손이 가늘게 떨렸다. 재호가 모르는 척해줘서 다행이었다.

자기 복근을 믿고 끝끝내 그리지 않겠다고 버티던 주장을 비롯한 몇몇 남자애들은 공연시간이 다가오자 연거푸 팔굽혀펴기를 했다.

"지금 한다고 죽은 복근이 살아나냐? 그냥 그려."

유리가 화장 붓을 들이대도 아랑곳하지 않고 한 번이라도 더 하려고 애썼다. 마지막으로 음악에 맞춰 춤을 추어보고 우리는 열 맞추어 무대에 올랐다. 객석에서 환호성이 터지자 그러잖아도 뛰던 가슴이 걷잡을 수 없이 두방망이질해 댔다. 번쩍이는 조명과

리드미컬한 음악에 맞춰 춤을 추면서 나는 다른 세상에 와 있는 착각이 들었다. 황홀하면서도 아름다웠다. 아니, 그건 다른 세상이 아니었다. 바로 내가 사는 이 세상, 내가 공부하고 운동하는 우리 학교, 우리 체육관이었다. 내 몸이 온통 가벼운 날개가 되어 날아오르는 느낌이었다.

음악이 끝남과 동시에 남자애들이 셔츠를 잡은 두 팔을 박력 있게 벌렸다. 우레같은 박수와 환호성 속에서 셔츠 단추가 허공으로 튀어 오르더니 우수수 떨어져 내렸다. 불빛 속에서 떨어지는 수많은 단추가 마치 별처럼 반짝거렸다. 나는 반짝반짝 빛나는 단추별을 보며 기원했다.

'우리가 걷는 걸음마다 저 별들이 반짝이기를!'

: 에필로그 :

반짝이는 별빛들

"반짝이는 별빛들~ ♪♬"

방탄소년단의 〈소우주〉가 좁은 차 안을 가득 채웠다. 차창 밖 인도에는 드문드문 학생들이 등교하고 있었다. 출근길에 듣는 노래만큼이나 경쾌한 풍경이었다.

"우린 빛나고 있네
각자의 방 각자의 별에서~ ♪"

자동차 옆으로 자전거가 휙 지나갔다. 앞바퀴가 비틀거리나 싶더니 그대로 넘어졌다. 보통은 넘어질 때 자전거를 버리고 빠져나오든가, 팔로 바닥을 짚는데 방금 넘어진 남학생은 아무런 방어 자세 없이 그대로 머리부터 바닥으로 떨어졌다.

　재빨리 차를 인도에 바짝 붙여 세우고 학생을 향해 뛰었다. 학생을 바로 눕히고, 어깨를 가볍게 쳐도 의식이 없었다. 코에 손가락을 대보았다. 숨결이 느껴지지 않았다. 심정지! 학생들이 몰려들어 수군거렸다.

　"거기 안경 쓴 남학생, 119에 신고해 주세요."

"검은색 후드티 입은 여학생은 저 차 조수석 발밑에 있는 주황색 가방 좀 갖다주세요. 자, 여기 차 키!"

주변 학생들에게 각자 할 일을 요청하고 곧바로 심폐소생술을 실시했다.

"하나, 둘 셋, 넷 …… 서른."

1차 가슴 압박에 이어 인공호흡을 두 번 했다. 검은색 후드티를 입은 여학생이 주황색 가방을 가져왔다.

"저요."

내가 심폐소생술 할 줄 아는 사람 있냐고 묻자, 한 남학생이 다가오며 대답했다. 나는 그 학생에게 가슴 압박을 부탁하고, 가방을 열어 심장 충격기 자동 지시에 따라 전극 패드를 환자 가슴에 붙였다.

"다들, 환자에게서 떨어지세요."

웽웽 소리를 내며 119가 도착했다. 아직 골든타임 5분을 넘지 않았다. 나는 그제야 비로소 안도의 한숨을 길게 내쉬며 이마의 땀을 닦았다.

나는 경찰이다. 많은 사건 사고를 겪다 보니 항상 위급한 상황에 신속히 대처하기 위해 만반의 준비를 하고 다녔다. 심장 충격기 정도야 뭐 기본이지.

고교 시절 간절히 꿈꾸었던 체육선생님은 되지 못했다. 절절하게 꿈꾸고, 그 꿈을 이루기 위해 치열하게 노력해도 다 꿈을 이룰 수 있는 건 아니다. 하지만 좌절할 필요는 없다. 하나의 문이 닫히면 다른 하나의 문이 열리기도 하고, 새로운 꿈에 가슴 설레기도 한다. 어느 한순간 경찰이라는 꿈이 다시 나를 미치게 끌어당겼다. 그토록 힘껏 외쳐 부르던 메아리가 경찰복을 입고 나를 찾아왔다.

구급차에 실려 가는 학생을 바라보았다. 저 아이의 꿈은 뭘까? 빨리 회복해서 그 꿈이 무엇이든 이루기를 바란다. 아니, 이루지 못해도 괜찮을 것이다. 내가 그랬듯이 다른 꿈이 불쑥 나타나 가슴을 설레게 할 테니까. 우리는 무한히 꿈꾸는 존재 아닌가. 꿈을 꾼다는 건 반짝거린다는 거다. 저기 저 학생이 그리고 여기 이 학생들이 영원히 반짝거리기를 희망한다.

십 대들에게 응원을 보내며

새롭게 체육부 이야기를 썼다.

《수상한 연애담》 이후 이와 결이 다른 십 대 이야기를 쓰고 싶었는데 처음부터 자꾸 꼬였다.

안 되겠다 싶어 체육부에서 활동한 영원이에게 SOS를 쳤다.

당시 영원이는 경찰 시험 준비를 하던 중이었다.

시험 준비에 방해가 될까 봐 걱정은 됐지만, 쉬는 시간에만 조금 도움을 받으면 되지 않을까 하는 욕심이 앞섰다.

그랬는데 웬걸? 영원이는 더없는 애정으로 글을 고쳐나갔다.

공부가 안될 때면 어김없이 체육부 시절로 돌아갔다.

그렇게 우리는 유리와 시아, 이레, 혜린이, 재호, 종수, 도현이 등 좋은 친구들을 만나 웃고 울고 뒹굴었다.

함께 꿈꾸고, 함께 꿈을 향해 달려 나가며 서로를 격려하고 응원했다.

기꺼이 함께해 준 체육부 친구들과 영원이에게 고마움과 사랑을 전한다.

애써주신 김경아 대표님과 행복한 나무 관계자들에게도 감사드린다.

김애란